康巴作家群书系（第四辑）

行走高原

贺志富　著

作家出版社

为"康巴作家群"书系序

阿 来

康巴作家群是近年来在中国文坛异军突起的作家群体。2012年和2013年，分别在四川文艺出版社和作家出版社出版了"康巴作家群"书系第一辑和第二辑，共推出十二位优秀康巴作家的作品集。2013年，中国作协、中国社科院少数民族文学研究所、中国少数民族作家学会等在北京联合召开了"康巴作家群作品研讨会"，我因为在美国没能出席这次会议。2015年和2016年，"康巴作家群"书系再次推出"康巴作家群"书系第三辑、第四辑，含数十位作家的作品。这些康巴各族作家的作品水平或有高有低，但我个人认为，若干年后回顾，这一定是一个重要的文化事件。

康巴（包括四川省的甘孜藏族自治州、西藏的昌都地区、青海的玉树藏族自治州和云南的迪庆藏族自治州）这一区域，历史悠久，山水雄奇，但人文的表达，却往往晦暗不明。近七八年来，我频繁在这块几十万平方公里的土地上四处游历，无论地理还是人类的生存状况，都给我从感官到思想的深刻撞击，那就是这样雄奇的地理，以及这样顽强艰难的人的生存，上千年流传的文字典籍中，几乎未见正面的书写与表达。直到两百年前，三百年前，这一地区才作为一个完整明晰的对象开始被书写。但这些书写者大多是外来者，是文艺理论中所说的"他者"。这些书写者是清朝的官员，是外国传教士或探险家，让人得以窥见遥远时的生活的依稀面貌。但"他者"的书写常常导致一个问题，就是看到差异多，更有甚者为寻找差异而至于"怪力乱神"也不乏其人。

而我孜孜寻找的是这块土地上的人的自我表达：他们自己的生存感。他们自己对自己生活意义的认知。他们对于自身情感的由衷表达。他们对于横断山区这样一个特殊地理造就的自然环境的细微感知。为什么自我的表达如此重要？因为地域、族群，以至因此产生的文化，都只有依靠这样的表达，才得以呈现，而只有经过这样的呈现，才成为真正意义上的存在。

未经表达的存在，可以轻易被遗忘，被抹煞，被任意篡改。

从这样的意义上讲，未经表达的存在就不是真正的存在。

而表达的基础是认知。感性与理性的认知：观察、体验、反思、整理并加以书写。

这个认知的主体是人。

人在观察、在体验、在反思、在整理、在书写。

这个人是主动的，而不是由神力所推动或命定的。

这个人书写的对象也是人：自然环境中的人，生产关系中的人，族群关系中的人，意识形态（神学的或现代政治的）笼罩下的人。

康巴以至整个青藏高原上千年历史中缺乏人的书写，最根本的原因便是神学等级分明的天命的秩序中，人的地位过于渺小，而且过度地顺从。

但历史终究进展到了任何一个地域与族群都没有任何办法自

外于世界中的这样一个阶段。我曾经有一个演讲,题目就叫做《不是我们走向世界,而是整个世界扑面而来》。所以,康巴这块土地,首先是被"他者"所书写。两三百年过去,这片土地在外力的摇撼与冲击下剧烈震荡,这块土地上的人们也终于醒来。其中的一部分人,终于要被外来者的书写所刺激,为自我的生命意识所唤醒,要为自己的生养之地与文化找出存在的理由,要为人的生存找出神学之外的存在的理由,于是,他们开始了自己的书写。

正是从这个意义上,我才讲"康巴作家群"这样一群这块土地上的人们的自我书写者的集体亮相,自然就构成一个重要的文化事件。

这种书写,表明在文化上,在社会演进过程中,被动变化的人群中有一部分变成了主动追求的人,这是精神上的"觉悟"者才能进入的状态。从神学的观点看,避世才能产生"觉悟",但人生不是全部由神学所笼罩,所以,入世也能唤起某种"觉悟",觉悟之一,就是文化的自觉,反思与书写与表达。

觉醒的人,才是真正的人。

当文学的眼睛聚光于人,聚光于人所构成的社会,聚光于人所造就的历史与现实,历史与现实生活才焕发出光彩与活力。也正是因为文学之力,某一地域的人类生存,才向世界显现并宣示了意义。

而这就是文学意义之所在。

所以,在一片曾经蒙昧许久的土地,文学是大道,而不是一门小小的技艺。

也正由于此,我得知"康巴作家群"书系又将出版,对我而言,自是一个深感鼓舞的消息。在康巴广阔雄奇的高原上,有越

　　来越多的各族作家，以这片大地主人的面貌，来书写这片大地，来书写这片大地上前所未有的激变、前所未有的生活，不能不表达我个人最热烈的祝贺！

　　文学的路径，是由生活层面的人的摹写而广泛及于社会与环境，而深入及于情感与灵魂。一个地域上人们的自我表达，较之于"他者"之更多注重于差异性，而应更关注于普遍性的开掘与建构。因为，文学不是自树藩篱，文学是桥梁，文学是沟通，使我们与曾经疏离的世界紧密相关。

　　　　（作者系四川省作协主席，茅盾文学奖获得者，这是作者为"康巴作家群"书系所作的序言）

目录

康藏山水

与贡嘎山的缘分

"不识庐山真面目,只缘身在此山中",此言原本古人洞察世俗之见,却没想到年过半百,竟然悟出个中真谛。被世人称作"蜀山之王"的贡嘎山,就巍然屹立在我的家乡康藏高原上。碌碌半世人生,不知从它身边经过了多少次,也不知有多少次在与内地友人的闲聊中孤傲地以贡嘎山人自居,更让我无端自豪的是至今工作的单位也是名为"贡嘎山"的编辑部,这缘分该是有多深呀!其实抛去那些掩人耳目的自欺欺人之说,一年前,我连贡嘎山的尊容也从没目睹过。及至今天,方知这数十年人生旅途中,竟然有无数次从贡嘎山身边经过,最近目测观察点也不过三两公里便可真真切切与它相见。真应了古人之说。值得庆幸的是这一年多,因为痴迷上了摄影,对与贡嘎山的亲密接触竟是欲罢不能了。有时竟然在梦里也与它面对面地交流情感,人生的渺小便相形见绌,对神圣的贡嘎山的观赏不由自主地升华成对于人生美好的追求。

第一次去拍贡嘎山就让我上了瘾

我对现代摄影的认识其实是很肤浅的,开始只是从一门艺术欣赏的角度去进入。青藏铁路通车一周年时,我曾有幸去了一趟西藏,短短一个星期里,我从青海湖至可可西里,到拉萨,再去圣湖纳木错、雅鲁藏布江流域、日喀则，随身不离的高档数码相机留下了数百张自认为弥足珍贵的西藏风光艺术照片，也让同行文友们以摄影家的殊誉相待，比如同行文友冯小娟女士就在她的纪实特稿中提到"酷爱摄影的紫夫拍了近千张照片"发于《作家文汇报》上。两月后方知我的西藏之行的摄影完全可以归于一次失败，这缘于我所敬重的故乡摄影家，被乡人誉为"摄影三剑客"的老师们的点评。这三位摄影老师，一位就是小城里绝大多数人都认识的职业从影五十年、作品丰厚的代奇元，一位是摄影作品上了央视征文的藏族摄影家，平易近人、口碑极好的目雅丁真，另一位就是曾经与王建军等多名蜀中著名摄影家在一起专业拍摄过原创作品《康定》画册的摄影家魏晓雨。通过他们对摄影"光影""构图""内涵"的讲解，我逐渐懂得了摄影也是一门艺术，来不得半点虚假。三人行，必有我师，自此我便在心里拜上了师。

第一次专程拍贡嘎山是那年10月3日，正值国庆放大假的日子里。同行的有"三剑客"，还有曾经当了几年自由撰稿人的女散文家毛桃。关于这次行履，毛桃女士已在事后不久就写了纪实散文《和"三剑客"一起去拍山》，刊于报端。只是对于个人感受，我却有所不同。因为这是一次真正面对贡嘎山的"对话"。魏晓雨轻车熟路地将小车开上高尔寺山顶另一条乡村土路，仅两分钟时间，车头转过一个山弯，眼前豁然开朗的天宇尽现出它的辽阔旷远，群山如浪，从眼前向东边天际簇拥而去，深蓝、黛赭，渐入云海，在似乎不动的云涛上而，巍峨雄浑的雪山如排列的勇士壮阔地进入视线，"神圣""雄奇"……什么词儿也道不尽初见贡嘎群峰时让人心尖儿因激动而战栗不止的心境。当时我的感触除了面对实境的震撼之外，就是倏忽有一种懊悔在心底升起，那就是我曾数十次从相距这里几公里的川藏线路过，竟从不知道贡嘎山就在咫尺之外的天边。很多无知会伴人至老,这话有道理。车停处,我们正对远处云遮雾绕的贡嘎山主峰,顿感大自然在眼前是那么博大浑厚,人的渺小在这里是显而易见的。随行的年龄最大的代奇元最先面对贡嘎山虔诚地跪拜于地。据代老师说,他这已是第九次来拍摄贡嘎山了,可没有一次见到贡嘎山完整的形象,因为每一次来都遇到云海簇拥贡嘎山,哪怕是少见的晴天丽日,贡嘎山的尊容总时隐时现于云海雾岚中。今天也同样,那一带浓得揪心的白云一直横伏于贡嘎山主峰前沿,它周围的加持神山、亚拉神山、笔架山、大炮雪山都时有露脸的时候,可它就是不肯露出神圣的尊容。我们耐心地架好脚架,支好相机,等待着日落西山红霞飞的动人时刻的到来。这个等待对我来说是一次学习摄影的最好时机,在三位摄影专家的指点下,我对手中的相机有了更深的认识,无论是技术还是对这门艺术的认知,我至今都是不敢忘记的。晚霞终于出现了,天边的云烧红了,眼前的云海、高山草甸都被染成了鲜红的色彩,贡嘎山主峰仍然没从红霞中露出,尽管我们不失时机地拍了许多晚霞中的大山瑰景,如"亚拉晚霞""贡嘎群峰组图"……但贡嘎山神圣的尊容并没有让我们看见。曾经也是十多次来过这里的魏晓雨告诉我,他曾和省里著名的摄影家在这里安营扎寨苦等过一个星期也没能拍摄到贡嘎主峰。对藏文化颇有研究的目雅丁真说,拍摄贡嘎山是要有缘分的。我对此的理解是,贡嘎山是神山,只有虔诚的心才能与它相见。"缘分"是带有禅意的。有一句话是这样说的,"能说一百句的只说一句",这就是禅意在其中了。也许与贡嘎山的"缘分"之解要留待以后才能明了吧。这是一次并不成功的贡嘎山专程拍摄行动,但它却让我产生了一种不可遏制的拍摄之"瘾",我知道我已经迷上了贡嘎山。

第二次去拍贡嘎山遇上了好大一轮圆月

一月后,又一个晴空万里的清晨,同住康定小城的几个摄影爱好者坐立不安了,因为天气难得的好,正是拍摄贡嘎山的绝好时机呀!于是不约而同地想到了一块,也聚到了一块,但由于是临时决定这次出行,因为种种人为原因,我们乘坐的由另一位摄影发烧友,来自公安战线的张育松驾驶的小面包出康定城已是下午两点半过了。百余公里的路程,加之公路改道等工程造成的当时行车难,要赶在落日前驱车翻越折多山、高尔寺山到达西南方向黑石山拍摄点,时间已是太紧张了。此前多次去拍摄贡嘎山大获成功的张成信对时间的概念可谓精到极了,他甚至说如果再迟十分钟他就会放弃这次行动。后来的事实证明他说得一点不差。这次小张的驾技发挥到了极致,一路风尘,一路超越时间的颠簸,日影西下时我们终于赶到了黑石山地界。因为魏晓雨没来,要寻找上次那个面对贡嘎山的拍摄点,我们都犯了傻,以致走错了道。茫茫山垣,起伏上下,连方向也找不准了,加之离开土路驶向草甸时,小面包又深陷泥淖中,眼见得夕阳快速地西滑,不知是谁叫了一声"来不及了",众皆弃车狂奔,朝着拍摄点徒步而行。海拔四千多公尺的高山上跑路是考验人的体能意志的战场,终于是多数人落下了。那时,太阳不可挽留地下坠了,一轮硕大的圆月从晚霞烧红的亚拉神山顶升起,月华中玉兔、嫦娥的身影也能窥见。山垣岑寂,群山萧瑟,贡嘎群峰出神入化,恍若人间仙境。张成信成功地拍摄到了这一少见的贡嘎山群峰"日月同辉"的绝片。其次。同行的陈大刚也拍摄到了这一画面,只是角度稍次一点,而其余人却因为行动迟缓而十分可惜地失去了机会。要知道这种拍摄机遇的失去是千载不遇的憾事呀。即使后来我们多次候机前往，也再没遇上贡嘎山群峰"日月同辉"的奇景了。当然，这又是一次不成功的拍摄贡嘎山之行，因为夜幕下的贡嘎山主峰仍没露出真容。

当夜，我们从黑石山返回新都桥住下。第二天早上，从新都桥飞机坝方向能望见贡嘎山，却也是雾霭蒙蒙，根本无法拍摄贡嘎山主峰真容。好在这天早上，我在无意中竟然出乎意料地拍到了我自认为从影后能算得上艺术的两张作品：《铮骨》和《玉树临风》，更难以忘怀的是在拍摄过程中对于眼前稍纵即逝的机遇的把握，可谓是摄影人不可不练的硬功，也算是一种创作过程中的补偿吧。

是的，遗憾、成功，对于摄影爱好者来说该是家常便饭了，正因为这种难以言说的诱惑，才会产生艺术创作的无尽动力。

三上黑石山圆了我的拍摄贡嘎山之梦

又是整整一个月的等待，终于在很有经验的张成信、李良生的精心安排下，和小城中早因户外行而小有名气的白兴才先生等一起，再次上了黑石山。

时令正值秋末，高原上天寒空气干燥。正因为气候的特点，形成了高空中云团的稀少，加之秋阳炽烈，海拔7556公尺的贡嘎山主峰更易露出它的尊容。

车行至新都桥营官转大弯处左侧车窗外便可看到贡嘎山主峰方向的天宇。这个地方被有经验的摄影人称作拍摄贡嘎山的气象观察点。从这里望贡嘎山，如果中午了天空还是万里无云，那么上黑石山拍摄点就肯定能如愿以偿。我心里暗自庆幸今日里跟了三个老有经验的户外行发烧友，从他们喜不自禁的脸上我就知道今天不会白来。

　　果真，一个多小时后，我们来到黑石城，希望中的奇景一览无余地展现在我们面前。天湛蓝得出奇，衬映得天穹更加高远广阔。东南天际，绵延起伏的贡嘎群山如卧龙般震撼人心。天空几乎没有云的飘移，只是在接近贡嘎主峰处偶尔飘过一朵轻盈的白云。偏西的骄阳将炽烈的光瀑毫无保留地倾泻贡嘎银峰。雪山闪烁的辉光圣洁而神圣。

　　比起很多摄友，我是幸运的，有的人奔波几年也没见到贡嘎山的尊容，而我在两个月中，仅仅第三次前往黑石山就如愿以偿。我不无自豪地在心里说，也许我真的和贡嘎山有缘分。面对贡嘎主峰的拍摄成了今天最过瘾的享受。直到夕阳落山，晚霞照红了四野，五个多小时的拍摄让我收获了近两百张贡嘎山雄姿的艺术照。这成为我学习摄影的第一笔宝贵财富。直到夜幕降临，驱车离开黑石山时，我还在心里说，贡嘎山，我还会来见你的。

春色、藏寨、意境

很多年前就去过美人谷，至今已数不出多少次了；不过，真正让我难忘的却只有两次：一次是前年的秋天，一次是今年春季。爱好摄影的朋友马上就会想到"秋天的色彩最丰"，以及"春天是充满了大自然生命力最旺盛的季节"。的确，让我难忘的这两次美人谷之行就是专程前往搞"摄影"的。

前年我刚开始学摄影艺术创作。真正算起来我应归于"群众数码时代"的赶潮人。在此之前，我虽然也时不时摸摸照相机，但无论是高档次的还是低档次的相机，我都一律采用"自动"，当然就根本算不上是真正的"摄影人"。前年那次美人谷"金秋行"于我来说是"羞涩"的，我那时对于手里的数码相机"白平衡"都搞不明白，更不用说什么"AV""TV"洋码儿的含意了，可想结果如何肯定是羞于启齿的。那是一次记忆很深的失败之行，但却对我后来的业余摄影创作起到了鞭策作用。我的家人和要好的朋友都知道我的臭毛病，什么事让我着迷了，我就会废寝忘食。搞文学创作，我可以一天十多个小时伏案不起，一迷上就是大半辈子；学电脑，我能一夜熬到大天亮；爱上了摄影，我又开始深夜不眠地守候于电脑前搞"后期制作"。

今年的美人谷"春季行"让我有了一种很强烈的成就感。

美人谷山乡麦苗绽绿的田园山野，正当是梨花盛开的时节，山坡沟谷的梨树花团锦簇，如冬天的雪花却胜比雪花还盈实繁茂的梨花，夹杂在春天吐露出嫩绿叶片的杨树柳林中，在雪白和嫩绿中时不时又冒出一丛粉红鲜艳的桃花枝丫，在蓝天白云的映衬下，山乡醉了，手捧相机的游人也醉了。

几个多次专程来搞过摄影创作的老师说，今年的梨花没往年开得多，画面是没往年耐看了。我很有点不以为然，因为我往年春季没来过呀！

在中路的那天清早，让我惊诧于摄影人的痴迷和疯狂。

中路是美人谷一个名声在外的山乡藏寨。二十年前就开始把丹巴美人谷旅游资源向世界推崇的丹巴籍作家牟子就曾专门写过一篇文章叫《中路藏寨》。该老兄是我的文坛老友，在阅读他的文章时我就知道这里有一家最受游客喜爱的民居接待点。主人叫益西桑丹，他的家就在中路乡海子坪附近。如今海子坪被人们淡忘了。传说海子坪曾经有一对金鸭子，常常浮出水面玩。有一天，一位妇女不小心在海子里洗了脏衣服，污染了海水，金鸭子便飞向了对面的墨尔多神山，海水也冲出一条口子，流进了小金河。海子坪后来就变成一片平坦的山地。

游人站在益西桑丹民居的房顶上，面对平坦的山地和对面高高的古碉，山水秀丽，古碉林立，绿树荫荫，梨花姣美，犹如进入世外桃源。

还有一处名叫梨儿园的地方，名儿自然也是让人忘记了，因为梨花不只开在一处呀！但这里接近海子坪，有一个很宽的平台。也许就是现在被游人叫做几号几号观景台的地方吧，站在这里可以看到墨尔多神山全景，也可以俯瞰小金河两岸风光。被称为家碉的一对古碉紧挨着藏楼，藏楼又掩映在繁花绿丛中……

清晨，天才刚亮，数不清的游人就从中路各家民居点出发了，扛着三脚架的，吊着相机的，背着爬山包的，都往偏西的那条山道上爬。据说，多年来来往往的游客、摄影爱好者总结出了个经验,那处高高的偏西山道上是拍摄朝阳照射中路田园佳景的最好地点,行话叫追逐"侧逆光"。很多初次来此的游人还聘请了当地嘉绒妇女背包带路当向导。昨天下午在中路东边的水堰上就见到一位眉清目秀的妇女给几个外地游人当"向导",闲聊中,得知她叫"革码"。像她一样的当地妇女给游人带一天路可以挣一百元。其实相对于游人来说也挺值的,因为美人谷的嘉绒妇女个个都是面目姣好的美人呀!既当了导游又成了摄影的绝好"模特儿";还有一个并非笑话的事实,据说她们还懂得摄影爱好者是追光的人,她们也学会了什么是"漏光",什么是"逆光",往往在游客端着相机茫然无措时,她们中的一人或许就会指着叫道:快,那边天上"漏光"了!

今早上真没想到,昨夜中路竟然来了如此多游人,几乎满山遍野都是"摄影人"的身影。到了那个需要抢占摄影制高点的山坡上,拥挤排列的"长枪短炮"又成了另一道人造风景。朝阳的第一抹光刚打在视线里的山乡藏寨田园里时,四野里竟然一下安静了,只听见四下里揿动相机快门的声音此起彼伏……

梨花、藏寨、田园、美人谷……连天上的白云也陶醉了!

那只早行飞向天空的鹰便悬停在了蓝天上,伴随着墨尔多神山下的古碉、藏寨、梨花开放的田野,成为一道让人遐思神往的意境。

追寻亚丁的另一面"风景"

　　入秋之际，亚丁景区里的沟壑山岭已是金黄遍野了，山溪瘦水清冽，却是载着落叶飘忽悠然。进山马帮的铃声依然是盖过了寒鸟晨鸣的清脆，丁丁当当地震得树梢上的叶片儿颤抖不止。这个季节仍然是游客如织，且大多数是背了相机来"留此存照"的。闹山麻雀般的热闹场面相比轻柔无骨般的溪流漪涟之间的区别就太明显了，只是游客一味地去观望那些日月经轮恒久不变的山水景象，无暇顾及这些小细节罢了。

　　在被誉为"佳景路口"的扎灌崩，游客的潮声更为显著。站立此处，前行却要由自己选择了。往右去冲古寺、卓玛拉措，观仙乃日神山倒映湖中；卓玛拉措位于仙乃日下方，是最接近仙乃日雪峰的地方。它的湖水直接与仙乃日的冰雪相接，没有什么地方能如此完整而真切地感觉仙乃日雪峰带给你的震撼。往左却是进沟观央迈勇神山的去处；央迈勇雪山的景观组合十分奇妙，悬谷冰川分布在锥形雪峰的腰部，冰川之下雪线一带三角形的倒石堆一字排开，再往下冰雪融水形成的帘状瀑布直泻而下，雪峰之下森林、草甸、溪流，让人流连忘返。眼前与天相接处夏诺多吉神山竖立在冲古草甸的尽头，拔地而起，三棱锥角峰以蓝天为背景，在近处巉岩、草甸、森林、流水、牛羊的映衬下别具一种神秘的美丽。对于亚丁的三座神山，通常记录是：坐落于川西南的横断山脉的贡嘎岭地区，青藏高原与云贵高原交融会合的地方。

由于这个地区特殊的地质地貌和生物多样性，从十九世纪中后期，逐渐成为最吸引西方科学家眼球的地方。英国和法国的探险队几乎走遍横断山，甚至每一条沟、每一座山，但奇怪得很，从来没有人亲近过亚丁，即便他们有几次都几乎走进，却最后还是和亚丁失之交臂，直到1928年的某一天、某个人，这个人就是洛克。1926年，在探访木里王国的途中，洛克第一次从远处看到了亚丁雪山——贡嘎日松贡布雪山（即我们通常说的亚丁三神山）。这是他看到雪山后留下的文字："1926年，在探访木里王国的途中。我曾看到这座山体的一峰，巍然耸立在远方林立的雪峰之上……"两年后的1928年，世界因洛克了解亚丁，洛克走进亚丁就是因为两年前那不寻常的一瞥所驱使。

如今，我也来到这里，面对某种前行的选择，我却陷入了一种"孤独"境地。这种"孤独"不是无助的，因为我也可随大流入山观湖或是进沟朝山，抑或是朝拜一堆玛尼石或是静卧于一方草坪深吸山野的清新气息，但我的思绪却无法阻止地进入了一个深沉欲解的状态。相比八十多年前洛克进入这里，我们是不是来得太轻松了？据记载：当年洛克能够如愿以偿地前往亚丁，得益于他和木里王的良好关系以及木里王在这个地区的巨大影响力。因为贡嘎岭地区长期被地方豪强和土匪占据侵袭，作为外界人要想进入这个地区没有任何生命保障。1928年3月，洛克和美国国家地理协会的成员来到木里，请求木里王帮助他到稻城贡嘎岭那片雄伟的山脉进行考察。当谈到考察亚丁的计划时，木里王告诉他们，那一地区全名叫贡嘎日松贡布，根据藏族的宗教，夏诺多吉（金刚手菩萨）、央迈勇（文殊菩萨）、仙乃日（观音菩萨）分别住在那里的三座雄伟的雪峰之上。这三座雪山是贡嘎岭周围山民的山神，如果哪个外乡人胆敢进入这个地区，会被抢掠一空后杀掉。不过贡嘎岭地区的匪首叫德拉什松彭，由于木里王允许他经过自己的地盘去攻击四川境内的其他部落，因而关系较好。在洛克的恳求下，木里王亲笔给贡嘎岭匪首德拉什松彭写了信，信中措辞强硬，声明一支美国考察队要到贡嘎日松贡布周围科考探险，要求所有的土匪不得打扰。不久德拉什松彭回信，同意洛克一行前来考察，并保证他们的安全。洛克因此而获得成功。那个时代的亚丁，原本就是个土匪啸聚的山野境地，一般人真的是不易进入的了。所以，1928年下半年，洛克打算再次探访亚丁贡嘎岭山脉。当他们尚未步入稻城境地的途中，一个信使带着木里王的一封信赶来，木里王在信里劝他取消计划，因为就在洛克考察团队前两次对雪山进行考察后不久，大量巨大的冰雹打坏了地里的青稞，当地山民认为是洛克一行惹怒了神山，这是神山发怒的信号。贡嘎岭首匪扬言：如果洛克胆敢再次踏进他的地盘，他将不会听从木里王的意见，抢劫并杀死他们。洛克深知强匪们的凶残和野蛮，便接受了木里王劝告。这样，贡嘎岭地区再一次关闭了，洛克一行以后再也没能到过亚丁。了解这些当年的故事，我们就不难理解这里的自然生态环境的保护得以延续下来的某种原因。

如今，如我等这般实属"游山玩水"的闲客能轻而易举地进入亚丁，当然是得益于现代的交通工具以及现代的人工设施。这就是进入亚丁景区后让我沉思的原因。这种"现代化"的介入，是对亚丁的保护还是另一种"破坏"？可能谁也不会去思考也不会去破解。这毕竟是个经济发展的时代，发展旅游更是一种现实的需要。问题是躯体进入生态美景与思想进入毕竟产生了不可调和的矛盾。就在百思不得其解之际，我意外地遇到了一行由木里徒步数天进入亚丁的现代探险驴友，据称，他们就是重走的当年洛克进入亚丁的老路（简称"洛克线"）。现代绝大多数游客的进入与从前洛克的进入所使用的交通工具迥然不同（从前是步行，至多骑马，现在是坐车，甚至飞机，稻城机场已通航），方向其实也刚好相反。我们稍稍了解一下地理就明白：眼前竖立天边的夏诺多吉神山其实就是亚丁与木里地区的交界处。从东进入，第一眼看到的一定是夏诺多吉神山，而从西边的稻城进入，第一眼看到的则是仙乃日神山。有的事不能够也不可能追究其因的，实质上回到的仍然是人与自然的关系，是尽量的"保护"还是一种无奈之举中的无意"破坏"？亚丁景区的保护措施是够先进的了，如草甸之上的人行便桥、人工造型的楼台回廊的精心点缀等等。我们还能有什么不安而自责的呢！

去年秋末，我的一行摄影朋友，不畏高山严寒，幸运地拍摄到了一组亚丁野岩羊的照片，让我从忧思中震撼了：那是亚丁山野天寒地冻的日子，几乎看不到更多游客的身影。野岩羊立在山林岩路上深情地回望，前赴后继跃过山溪冰流的矫姿；那一天，他们还拍摄到了川藏高原极少有人看到的"冰虹凌空"……还生态与自然，如果人与动物能够和谐相处，如果人与自然能够相互理解，如果……对于亚丁的回望，我的思绪瞬间洞开。

在真正的美丽面前，人是会失语的，但沉思却不会抑止。

环贡嘎山行色

黑 石 山

西行康藏高原，经过摄影天堂新都桥镇后再翻越高尔寺山，上顶，一个回头线下山弯，与川藏线交会处左侧一条通往康南第一城雅江县二区的乡村土路横延而去。因为旅游业的发展，此处立有木牌——至黑石山（拍摄贡嘎山）。以此转过山弯，不足两公里，眼前豁然开朗，群山苍茫，至脚下向天际铺展，及至远处，却又云海涌荡，贡嘎群峰在蓝天白云簇拥下如列队的将士，神圣而又威严，大气磅礴地矗立于天穹下。据说在这里可以观到贡嘎群山108座雪峰，细数，任谁也无法数清。倒是从右侧处可看到康东南九龙县域内的雪山，左侧直至康北道孚县境所属雪山，茫茫苍苍，康（定）、泸（定）、九（龙）、道（孚）4县雪山皆一览入目，其恢宏气势，震撼心灵。再行。路边有立石，上书"黑石山"示于路人。再寻黑石所在，山垣草甸，起伏蔓延。山无梁，皆草坡如浪，坡浪也不是十分的汹涌，层层叠叠地沿天际边朝恍如近在咫尺的贡嘎山群峰荡开。是夏季高山牧场好地方。说不上名儿的各色小花在那个季节里肯定是妩媚招摇。只有冬日里草枯草衰了，才偶尔见到有小块黑石如畏寒的小动物躲藏于枯草丛里探头露尾。黑石山似乎名不副实？经人指点，方看到右侧一高坡上经幡旗在山脊上猎猎飘舞,黑珍珠般的石垒塔林透出神圣而庄严的气韵。便不用人再解释,心下就有底了。黑石山石塔幡阵作为前景,衬映出贡嘎山恢宏的圣洁,这样构思的艺术照我看过很多,虽是相似的机位点所拍摄,光影、拍摄角度等相异,艺术风格千差万别,这就是摄影所蕴藏的奥妙,需经年实践才能得知个中真谛。至今我还没能走上那处经幡飘动的黑石塔林。拍摄贡嘎山不可避免地会留下许多遗憾,所以无数爱好者年年都不辞艰辛地乐此不疲。

下次……这就足以诱惑你不断地向往了。

黑石城

所谓黑石城,相对于黑石山而言仅一字之差。其实"城"与"山"细辨也是有区分的。城应属繁,山应属高,两处也正应了各自特点。但黑石却是共同的,故先前的摄影老师们都各自有看法。去黑石城另有高招,非越野车无法到达;即使越野车,还得要有专门准备,那就是待到日薄西山、夜幕降临后,如何沿来路返回土路上,要不十有八九会在山野坡梁上迷了路而绕圈盘旋。先前是需要一路行走一路插上竹竿作为路标的。可这一次都没刻意准备,两辆越野九个人,还怕迷了路不成。于是便无所顾忌地驶向了黑石城。好像是向贡嘎山主峰迎面扑去。另一个碰巧遇上我们的来自成都的小车也紧跟我们驶向了黑石城。黑石城庄严神圣超乎了我们的想象,那成堆垒成的石塔林林总总,似经过了千年风霜雪雨的侵蚀,至今仍巍然屹立如个个巨人、头头雄狮、尊尊菩萨傲岸的神韵,不禁让人想到历史在这里留下的如谜一样的沧桑岁月。当看到那些石洞和裸于巨石坑内的小小水滩时,那无数人为的生存画面让人心灵不得不为之战栗和震撼。历史的风雨透过黑石城斑驳陆离的痕迹告诉了我们什么？对神圣的崇拜让我们这些不是信徒和是信徒的人都匍匐在黑石城的面前。面对贡嘎山，面对大自然的波澜壮阔，心灵深处的自我净化变成一种自觉。这也是大自然的昭示所致。当夜幕在如火般鲜红的烈焰护送下到来时，黑石城所呈现出的圣光足以让人永生难忘。就在那一刻，满天晚霞烧红的天空呈现出一幅《高原牧人图》，同行的人都拍下了这一珍贵的画面。《牧人图》中那一男一女高原藏民族打扮的牧人身边正奔跑着一头神灵般的黑牦牛，惟妙惟肖的动态让所有的人都啧啧称奇。

亚哈山口

沿云（官）九（龙）路下行约20公里，到甲根坝再拐上左侧那条一年前筑就的旅游公路就可直达亚哈泉华滩。说是滩，到了才知是一条10公里也丈量不完的高山峡谷。亚哈泉华很有气势，不仅仅是因为它面积大，而是整个外形就给人沧桑无尽的感觉。长长的峡谷中，河床裸露呈深赭色。从雪山上流泻而来的河水从赭红色的滩涂上淌过，大面积的地方犹如在一条古老的红谷上蒙了一层晶莹的玻璃。少量流水在九曲十八弯的沟槽中跳跃，远远望去恍若抖动的绸巾。观望整个峡谷，赭红如铁锈般的河床透出的是千年地壳运动留下的斑斑陈迹。自然界在这里只留下一个谜面，而谜底却让你自由去想象。也许地理学家知道这个谜底，但亚哈泉华来过这样的专家吗？我可宁愿它的神秘就这样岑寂地掩映在历史的赭色中。最让摄影人称奇的还是那片横沟的泉华瀑。几条细小的水流从赭色的岩沿流淌而下，能透视到岩壁上的一片空洞，洞中有绿色植物隐现，恰如水帘洞的造型。

离开泉华瀑，再顺公路而上，约半小时就到了山口。强劲的山风将竖立在山口上的经幡旗吹得毕毕剥剥地哗响。敬山神的"风马"随风飘舞。眼前的山垣猛一下开阔。贡嘎雪山如巨人一般扑面竖立，仿佛要碰到脸上。这是我与贡嘎群山走得最近的地方。当然更多的摄友去过莲花湖，据说从那里观贡嘎山距离比亚哈山口更近。贡嘎主峰在云雾环绕中隐着。浓厚的云层时而翻卷，时而舒缓，却始终不离开雪峰。右侧连绵的雪山倒是显眼地展示着它的晶莹雄姿。这里该是海拔4000至5000公尺之间了，寒风凛冽，沁入肌骨。同行的人都忙穿上备用衣物。我是有了多次贡嘎山行的体会了，这次带上了狗皮护膝和护腰，可谓是武装到位了。面对云雾中的贡嘎主峰，我们都找好自己的机位，架上相机，耐心等待神圣的贡嘎显现。这是最考验人意志和耐力的等待，但贡嘎主峰的诱惑让我们都忘记了寒冷。耳边吹过的风声卷带着猎猎经幡的呼诵，对贡嘎神山的虔诚让我们的心里都涌动着一股热流。两个小时过去了，也许贡嘎神山被我们的虔诚等待感动了，突然间，主峰处的浓云飞快飘开了，庄严而神圣的主峰在一方蓝天的衬托下终于露出了它的尊容。时间就那么半分钟，耳边只听到一片相机快门揿动的声音。当贡嘎主峰再一次隐入云海时，我们的脸上都不约而同地露出了欣慰的神情。藏族摄影家目雅丁真感慨地说，这就是一种缘分呀！

折多山顶

折多山口被称作"西出炉关第一隘口"，从康定出南门蜿蜒盘桓的川藏公路直至折多山顶。路程就32公里，小车不足一个小时就可翻过山口。我是小城土生土长的人，几十年来公差、私事，乘车翻越折多山的次数可能要以百数计算，偏就没承想过在这个山顶会爆出拍摄贡嘎山的奇事。

　　去年6月里的一天，我与魏晓雨同行新都桥户外摄影创作。返程时已是下午五点多了，天气却是变得出人意料的好，折多山在晴空万里的天穹下刚性十足。越过山口，于第一个公路大转弯处，我们的小车驶上了左侧的一条土公路。这条能过小车的土路坡陡弯道多，大约两公里就上了山顶"基站"的平台上。确切地说，这是为康定机场通航而专门建造的"通讯基站"，土路也是为它而专门修筑。停车后，待我们站在平台上时，"一览众山小"的豪气情不自禁地从心底升起。而就在我们眼前，刀劈斧剁般的折多山众岩之上，与天接壤处，贡嘎山主峰骇然出现在我们视线里，它神奇圣洁的磅礴大气让人大为赞叹。就在半年前，我曾在《中国国家地理》杂志上见过一段文字，大意是举世闻名的川藏公路是从贡嘎群山脚下经过的。然而在拍摄贡嘎山的众多作品中，至今也没出现过贡嘎山与川藏公路同在一个画面中。此后在我的文字记录中留下了这段文字：

　　我们在经过数次查寻踏勘后，于贡嘎山西南坡又发现一个新拍摄点，这个位于贡嘎山西南方向的拍摄点临近新竣工的康定机场，与贡嘎山主要群峰比邻相望，贡嘎群峰下千里川藏线也豁然清晰地进入视线，海拔约4500米，属新都桥"摄影家天堂"区域内。

　　作品一：《贡嘎雪山下千里川藏线》。作品特点：夕阳辉映中的贡嘎群峰与蜿蜒盘旋于崇山峻岭中的川藏公路，以及奔驰于公路上的汽车都同时出现在画面中，展示出现代高原豪迈气魄，是世界上面世的贡嘎山摄影作品中还未有人拍摄到的画面。

　　作品之二：《贡嘎山十八姊妹峰（局部）》。作品特点：这是中国摄影史上第一次从西南方向海拔4500米拍摄点拍到的贡嘎山群峰局部，主峰呈"金字塔"，在周围群峰衬托下，展示出"蜀山之王"的雄奇庄严。

这是一次意料之外的创作收获，两月后，四川省版权局颁发了这两幅作品的版权保护证书。

这个拍摄贡嘎山的户外点应该算是路程最近（距康定县城仅30余公里，行车不足一个小时便可到达），户外行最轻松的地方（下车便可拍摄到贡嘎山）。有理由相信，这将为"新都桥摄影天堂"增加一个最吸引人的亮点。

拍摄贡嘎山其实也是与大自然交流情感的最好方式之一。天人合一，这是中国传统文化的精髓之一，也包容了人与自然界和谐交融的文化内涵。以此观照日新月异的旅游业的发展，也包括本文所涉及的康巴地区，"贡嘎山环线两小时旅游圈"已成为政府旗帜鲜明打造的"品牌"。借用文友赵宏兄佳诗一句作结：贡嘎多奇境，老孺竞相攀。

高原湖泊速写

"山水拍摄"是风光摄影面对的具象。古人有"仁者乐山、智者乐水"之说。高原上的"水",尤以镶嵌在雪山莽林中的"海子"最为迷人:

七色海——位于康定木格措风景区

春雪初霁之时,月牙形的七色海静卧驼峰山下。湖畔翠丝绿杉环绕,于新绿旧黛间点缀着片片积雪,虚幻若花开正媚。三五只野鸭轻啼掠过湖面,将碧水之中的莲花山圣洁倒影剪出几条清冽的漪澜,一湖水便如纯情少女微微启开了娇羞的薄唇,鲜活得让人不敢吱声惊扰了。

临湖沿细观,浅水底,灰卵石历历在目。石隙间疏疏伸露出细小枝丫,分不清枯丫或是活枝,无新绿绽染。倒是灰枝上浮拥着团团嫩而微白的晶体物,初疑是春寒中水下将化未化的冰凌,经留守七色海的山里人点破,方知此物乃湖中栖息的珍贵羌活鱼卵带。湖水往深处,色彩由浅至深浸漫开来,密匝的水草已是深绿如黛了。对岸的驼峰山多生杉木杂灌,此时节灰褐夹杂,大面积新绿尚未光顾,活脱脱显露出"骆驼"的天然本色,也不令人生出苍凉遗憾,反而觉出有趣。据说,未开辟旅游业前,对岸山岭乃山人狩猎的绝好地方,奇珍异兽奔走林间,尤以黄鹿、黑鹿为多。如今禁猎，山中活物想必也活得悠然了。顺驼峰山左侧攀缘至山脊，茫茫云海沿脚下漫开，无边无际，云如莲朵，层层叠叠，遥遥能眺望几十里外的跑马山，真让人恨不得有踏云闲步的本领做云海仙游。

踏着积雪霜露径直去湖畔洗漱，能看见澄碧的湖水中有串串水泡如玑珠般涌出，露头泉涌处，水温熨帖，热气蒸腾，此湖乃冷泉与温泉交融的共生海。掬一捧湖水，透明清纯却无色；任其流回湖中，一湖水竟浮涌出五颜六色的光彩来，让人无法弄清七色海到底富有多少色泽。我第一次觉悟到哲人所说的"水是无色，色却最丰"的玄妙了。

野人海——又称"木格措"

野人海在春雪初霁的时令里，仍保持着洁白晶莹的"北国风光"，近4平方公里的湖面凝固成冰雪的平原；湖沿路上，周围的山林仍银装素裹，纤尘不染。脚踏在半尺深的雪里，吱嘎吱嘎的响声在这空寂的湖泊山林间犹如美妙的音乐。看周围，玉树琼枝千姿百态陪衬着蓝天，恰似透雕显露万般高洁，眼前总幻化出红眼玉兔竖耳相近。细看积雪覆盖的枝丫树冠下，绿是倔强地显现了。树丛陡坡间，冰凌层叠，竟是一处处白中透绿的精致冰瀑。放眼宽阔的湖面，静若处女，洁白无瑕，平展展如打磨过的巨大银镜，便又幻化出狗拉滑犁疾驰雪原的画面来。斗胆走上冰湖，方觉出脚下坚实如土石，湖面冰冻几许厚是不敢妄猜，仅以脚踏湖面聊以自娱了。据山人讲，湖心已裂开一条巨缝，野人海解冻日子已不远了。到那时，她就会脱下雪白的裘衣，显露出蓝如玛瑙、绿似松耳石的姣美模样。

此时野人海空灵幽静。高洁得任人凭想象去描摹最美的图画。真正是山林湖泊有大美而不言，最高的美莫过于我们心灵所感悟到的大自然的情趣、人生的乐趣了。

新路海——位于横断山系雀儿山下

雀儿山东麓的新路海，是一个典型的高原湖泊，海拔4500米，为周围的群山森林所环抱，幽深而宁静。走进新路海，让人不知不觉中脚步也变得轻轻的，生怕那笨重的步履会惊扰它酣眠般的静谧。新路海给人的印象乃是一幅清澈亮丽的油画。它深蓝色的湖面微波不起，平静如一面硕大的镜子；头顶的天也是湛蓝的，然而并不是海天相连，在天与湖之间，是挺拔的山峰和苍浓的森林，天与湖仿佛是两颗对映的蓝宝石。海子里倒映着雪峰洁白如莲的倒影，蓝天上停留着如絮的白云。飞鸟不鸣，山风不起，一切都是静止的。仰躺在海子边的草坪上，能感受到耳际小草的轻轻晃动，方觉出这是实实在在地置身于大自然的怀抱里，心境也变得平静了，"心静如水"大概就是指这种境界吧。新路海藏语称"玉龙措"，意译为"倾心湖"。相传格萨尔王的爱妃珠牡到新路海边，清纯亮丽的湖光山色深深地打动了她的心，使她流连忘返，那颗眷恋于大自然的心灵与深蓝色的海子融为了一体。此时，我觉得眼前这幅"画"里本应是有一头漂亮的梅花鹿的，因我的贸然而入，让它跳进了海子边的森林里……哦，这幅画我将带进永远的梦境里。

五须海——位于九龙县境内

我踏上了五须海边的草原，仿佛翻开了一本书的扉页，上面写着十九世纪美国著名作家梭罗的一句话：一个湖是风景中最美、最有表情的姿容，它是大地的眼睛……五须海呢，它真是镶在九龙山水中明媚多情的眼睛吗？

五须海就静静地躺在群山密林的怀抱中。它与岸边草原相接处长着一棵棵粗大挺直的松杉和青冈树，真的如它长长的眼睫毛。湖右侧是葱郁森然的青冈林，夹杂着松树和杜鹃丛，湖岸便形成不规则的圆弧，错落有致，显得一点也不单调。左岸是灌丛林覆盖的缓坡，以各种杜鹃群落为主，伴生硬叶柳、绣线菊、刺红珠，此时已近晚秋，虽然花期已过，但缓坡上金黄、紫红、玉兰……色晕团团簇簇，仍是美不胜收。那娇艳妩媚的色晕倒映水面，平添了湖水的柔美。湖湾岬角交叠，那锦坡花灌遮挡的湖湾藏了一个个窥不见的谜，疑有黄鸭戏水，以至有波纹粼粼荡出。对岸就是牧场了，晚秋金黄色的草坡斜斜地披到湖沿，草坡上蠕动的几头牦牛倒像那金菊上寻觅的蜂儿了。

五须海子在周围花团锦簇般的密林簇拥下显得纯洁文静而又柔美多情。它不是静止的，在它明镜般的眸子里，随着天上骄阳的游移不断变幻着云天山林的佳景。它是一面打不碎、水银刮不去的明镜，包容着同样圣洁的山林、纤尘不染的蓝天。它的多情就隐蕴在无言的心湖里，要不那湖面上咋会时而荡起粼粼水纹，直扩展到岸边，那不会是掠水虫点起的微波，它是来自湖水深处的吻痕。我走近了它的身边，让手浸在它冰洁的水中，我听到了湖水喁喁的私语，那浪轻轻地、轻轻地从我手边荡开……我觉出整个海子都活泛了，灵动了，我用心语在和它交谈。忽然，我悟出五须海是文静娟美的，它内秀娇柔，它是女性的化身。那左岸色晕团团的花坡不就是它常艳不衰的裙衫，那右岸挺拔刚劲的青冈林不就是呵护它的卫士吗?!

到康巴高原行履，面对那一处处雪山下的圣湖，你的心境会变得宁静而安详。大自然会陶冶情操，带来身心的无尽愉悦。

海螺沟的诱惑

最初去海螺沟游玩大约是在景区开营不久，那时进海螺沟是没有公路的，山间骡马道也很粗糙，绵延盘旋于沟谷密林间，时断时续；看海螺冰川得走两天路，回程也得两天，四天时间骑马跋涉，驮道也只能行到如今的三号营地，再上冰川就得步行上山下沟地走两三公里崎岖不平的山间小路了。当年第一次从海螺沟回来，感触很深，写就一篇小散文《冰川上的一点红》，文中所记实情如今仍历历在目：出磨西小镇，过一座横跨深涧的悠悠老吊桥，预约的骡马已候在桥头小草坪上了。跨上马背，几个同伴便显出了神采奕奕的精神，似乎一提缰扬鞭就可做英雄驰骋状了。心下顿觉好笑，这一匹匹脚短身圆的"脚力"岂是大草原上英俊膘壮的走马，只不过是当地老乡既为景区驮运货物也为游客代步的赚钱工具罢了。然马匹在崎岖的山道上缓慢行走，同伴中仍有人乐不可支地唱出"骏马奔驰……"的高亢歌词。渐入曲径通幽的林间小路……游踪所至，或林荫遮掩的小径，或一方碧绿的小坪，或在我眼里是微不足道的小小景观，同伴皆纷纷翻下马背，观赏、拍照、笔录，忙得不亦乐乎……当夜在二号营地野营，和赶马的老乡坐在山棚子内，面对着熊熊篝火，听近在咫尺的温泉冒水处传来的空山鸣流声，想象着野牛群在月光下走出密林，来到涌泉处舔食硝盐，山野月夜轻风飘拂的幽静恬适让人深深地迷醉。

　　此后，去海螺沟的次数是数不清了。眼见着海螺沟的山间骡马道从历史的尘埃中退隐了，取而代之的景区公路可直达三号营地冰川观光索道站。开营当初最古朴的旅游变成如今豪华的观光游，是时代发展所使，但也留下一些"旧年陈迹"弥失的遗憾。但看到观景台上年近古稀的耄耋老人面对冰川所流露出的人生叹喟，又感到一丝无可言状的欣慰。

　　海螺沟是国家级风景名胜区、国家级自然保护区、国家级冰川森林公园、国家4A级景区、国家级地质公园，其"国家级"头衔不少，不过说真话，那里也称得上名副其实。海螺沟以"大型低海拔现代冰川"著称于世，其中海螺沟冰川是最大的一条冰川，也是亚洲同纬度冰川中海拔最低、面积最大、可进入性最强的冰川，它全长14.7公里，冰川舌伸进原始森林6公里，形成世界上罕见的冰川与原始森林、珍稀动植物、温泉、瀑布于一体的壮丽奇景。涉足海螺沟，看冰川，令人感到一股发自内心的豪情在胸中升腾；大自然的壮阔奇景令人神思飞扬，而入夜，浸泡在二号营地的山野温泉中，与林涛松声共呼吸，让柔柔的泉水轻抚肌肤，望头顶深邃的星空，让空灵清纯的思绪自由驰骋，人生的憧憬在那一瞬间蒸腾而出，人与大自然融为一体时，你会觉得世界真美好，人生也同样美好，生命的意义便成为追求的最高境界。

　　如今，海螺沟距省城成都仅295公里，从成都出发，当天就可到达景区。近年来，我多次参与接待到高原采风的全国著名作家，许多人在这里留下了他们的墨迹。河北省作家胡学文观光海螺沟后写道：大地的心在雪山深处跳动，跳出奔腾不息的泉水，于是雪山脚下杜鹃盛开，古木参天。一个美丽而神奇的地方。著名的广东省青年女作家魏微在二号营地住了一晚，清晨起来就动情地写道：晚上枕着水声，想一想跟生命有关的事，知道世界在这里变得很大，人很小。而著名的满族女作家、清王室叶赫那拉氏嫡亲、陕西周至县县委副书记叶广芩在海螺沟也有感而发道：两个极致的相撞，冰与火的相融，这是产生创作灵感的大世界……海螺沟已越来越成为世界游人向往的美好境地。

去海螺沟，美景清心，温泉濯身，与大自然交友，人生一世无憾也。朋友，不信就试试。

拍摄贡嘎山

从康定出城西行，一路上都是盘曲的山路，至被誉为"西出炉关第一要隘"的折多山口，回望身后与天际交融处的万年大雪山，在蓝天白云的簇拥下更显得莽莽苍苍，气势磅礴，不禁让人想到周围群山相接的天穹下，蜀中第一峰——贡嘎山所具有的强烈诱惑力。

翻越折多山垭口，行车拐进康定机场道，十分钟就可抵达国内海拔第二高的"康定机场"。有幸站在长达4公里的新筑的飞机跑道上，贡嘎山"三角形"的主峰便显现在眼前。不过在这个季节，从机场上看贡嘎山只是"逆光"，山影暗黑，于摄影是大忌，并不能拍摄到满意的"作品"。但此刻却能感受到"康定机场"正处在莽莽雪山环抱中，所以有摄影者戏称这里才应该叫"贡嘎机场"。不久通航后，游客一定会对呈现在机场周围的贡嘎群峰啧啧称奇。国内如今不是专设有陆地客运旅游车站吗？康定机场成为"旅游机场"不也有异曲同工之妙？据说，康定机场通航后，飞行线路要特别增加环绕贡嘎山主峰后再降落入港。这将成为世人亲睐贡嘎山的一种可靠的途径，必然会增添巨大的诱惑力。

贡嘎山是横断山最高峰，也是世界上著名的高峰之一。贡嘎山原名木雅贡嘎，意为"白色的冰山"。贡嘎山国家级自然保护区于1996年经国务院批准建立，保护区位于四川省甘孜藏族自治州东部，面积40万公顷，主要保护对象为森林生态系统、珍稀动物及现代冰川等自然景观。

贡嘎山区域呈现出地球表面的最大落差，从大渡河谷至贡嘎山主脊，直线距离不足30公里，而地形高差却达到6500米以上。南坡和东坡具有从亚热带到寒带植被的完整垂直带谱，西坡和北坡则有典型的高寒草原植被与高山峡谷植被镶嵌的特点。保护区内有维管束植物3000余种，其中国家重点保护植物23种；脊椎动物400多种。贡嘎山保护区是世界上一个非常重要的物种基因库。自1878年澳大利亚人首次进入考察以来便吸引了包括洛克在内的许多植物学家的到来，成为青藏高原最受科学家关注的区域之一。

贡嘎山是青藏高原东部最大的现代冰川分布中心，有现代冰川74条。其中海螺沟冰川是青藏高原东部海拔最低、规模最大的海洋性冰川，冰川伸入原始森林带达6公里，形成"绿海冰川"奇景。海螺沟大冰瀑布高达1080米，居世界第二。

贡嘎山是国际上享有盛名的高山探险和登山圣地，但贡嘎山也是最难以征服的极高山，其登顶难度远大于珠峰。据统计，到目前为止共有24人成功登顶，却有20人在攀登中和登顶后遇难，登山死亡率远远超过珠峰。从1981年至1994年间，共有4支日本登山队来挑战贡嘎山，来了29名队员，却只有10个人走了出去，其他19位都长眠在这座雪山下。

世所公认的蜀山之王贡嘎山，从来就是摄影界人士梦寐以求的"光影世界"，能有幸拍摄到贡嘎山晴空丽日下的"银山"壮景和万里晴空下的落日晚霞中的"金山"魅景的并不多见。丁亥年底，四川德艺双馨的优秀人才林强所拍摄的贡嘎山被中国军事博物馆收藏。10月，邮政发行《贡嘎山与波波山》全套纪念邮票，以至"贡嘎山"的拍摄热更是飙升不止。

拍摄贡嘎山雄姿有以下路线可行：1. 从东坡进海螺沟景区。

2．从西北坡，路由康定县驱车至贡嘎山乡（六巴乡），根据天气情况，骑马至子梅梁子。3．从康定出发至新都桥营官也可拍摄到。4．从雅江高尔寺山西坡黑石山可拍到贡嘎山全景。

有一句话并非戏言：观贡嘎山是需要缘分的。因为贡嘎山在一年四季中是很难露出其尊容的，浓云密布、风搅云涌正是它"金字塔"主峰常见的天象。不过，只要心诚，不辞辛苦，总有见到它尊容的时刻。

追寻贡嘎山光影雄姿不仅仅是一种艺术的追求，也正体现出当今地球人对大自然的崇敬、对我们赖以生存的自然环境的保护意识。当你面对雄伟的贡嘎山时，你才会感受到生活的美好，感受到在大自然面前人是需要净化自己的。

观贡嘎山雄姿，乃人生一大惊喜。

雅砻江大峡谷行记

铁门坎感怀

汽车从甘孜县拖坝岔路口转弯南行，驶上甘（孜）新（龙）公路。行车数里，路坎右下的雅砻江水奔流咆哮的响声便充斥于耳，令人产生立足惊涛骇浪之际的感觉；连嗅到的空气中也带着江水湿漉漉的潮气。这里就是闻名遐迩的雅砻江大峡谷。

雅砻江发源于四川省与青海省交界的玉树州境内的巴颜喀拉山，途经石渠、甘孜、新龙，然后南出雅江县。新龙县境内的雅砻江大峡谷长达175公里，以奇、幽、险、峻著称。两岸夹峙的群山迎面逼视，黛色的古树松林、鳞皮冷杉、川西云杉、黄果冷杉、高山松、高山栎等或抱团或纵横参差生长在壁立千仞的悬岩峭崖间，如披戴铁盔铁甲的勇士列队相迎。被挤压得很窄的江槽似扼住了一条"白龙"，飞珠溅玉，倾泻喧嚣，涛声在两岸森林和峭岩上碰撞回荡，令人心颤悸动。一只褐色岩鹰从涌瀑跌浪的江涛上俯冲而上，如箭镞般隐入左岸壁立峭崖巅的山岚浓云，豪迈粗犷的气概于无声无息中横贯深切峡谷，让人倏然间产生敬仰情愫。

汽车已进入峡谷中最险要的地段——铁门坎。

铁门坎是进入新龙县境第一大关隘"北大门"，没通公路前曾是"两马相较劣者下崖"的绝险地。后来悬岩峭壁中开山凿石而建的公路蜿蜒盘旋，仍是极为险峻。江中巨石垒阻、浪花四溅、险滩密布，形成了千姿百态的绝壁深涧地貌。

铁门坎地段的公路最早筑于四十多年前，完全是靠钢钎大锤、人工挖掘而成的土路，时至今日，那些留在公路右侧峭岩上密密麻麻的凿痕镐迹仍清醒如初。当初少年的我作为筑路工亲属，曾亲眼目睹过工人们在这里的艰险劳作。也曾听工人师傅讲过这样一件事：二十世纪六十年代中期，甘新公路筑路工程队首批工人绝大多数是来自成都的青壮年，时逢以"阶级斗争为纲"的极"左"年代，这批工人中多是"家庭成分"不好的子女，甚至有因此而劳教后的释放人员，很有"充军边荒"的因素。但这批工人却心诚志坚，怀着对民族地区建设贡献青春的志向，努力不懈地战斗在艰险的筑路工地上。当然，远离大城市的边远山区，高寒、寂寞、贫苦等等成为苦难的渊薮、自由的牢笼，也难免有少数不坚定的人妄图逃离艰苦的环境。一个自小生长在省城的年轻人决定走上这条令人不齿的逃亡路。那一天，他没出工，却私自向大峡谷外逃去。但鬼使神差地，他半途停歇在面对铁门坎的高山密林中喘息时，却看到了让他心灵震颤的一幕：犬牙狰狞的悬崖上，数十个工人腰缠粗绳悬挂在峭壁上掌钎打锤。山风凛冽，飞沙走石，滚落江中的巨石溅起冲天水柱，其声震耳欲聋……一位女工也全无畏惧地悬岩临空地劳动着，漫天尘埃中，那鼓动的红衣紧紧地攥住了他的心。他在男子汉的羞愧不已中悄然回到了工地。直到几年后公路全线通车了，他才把隐藏在心底深处的这件耻辱事告知工友们。当然，他得到的是最宽容的理解。

六十年代中期，炉霍朱倭地震殃及正在施工的甘新公路。铁门坎因塌方垮岩而断道，时逢几百来自川南富顺、古蔺县的筑路工人在此被阻。我亲眼看到了新来的工人们翻越铁门坎赴向大峡谷百里筑路工地……十年前，曾在这里参加过筑路的一个青年工人如今已是成都某公司老总，来这里怀旧思情，为当年工棚居住地的大盖乡藏族小学捐赠了10万元人民币助学，至今成为一段民族团结的佳话。

如今40多年过去了，217线（即甘新至理塘）公路正投入扩宽改建的新一轮攻坚会战，制约雅砻江大峡谷沿岸藏乡经济发展的瓶颈正在加大力度打破中。

站在铁门坎盘旋险要的临江公路边，一任山风的吹拂，手抚着那些残留在峭岩上密密麻麻的凿痕镐迹，犹如触摸着大峡谷公路建设历史的痕迹，让人感怀不已！

波日桥遐想

摄友戏称，涉足雅砻江大峡谷的摄影爱好者至今数不胜数，在数码机面世前，可能用在波日桥的胶卷要以吨位来计算。言下之意，到此地的中外摄影爱好者无一没拍摄过此桥。

波日桥位于乐安乡境内，距离县城36公里，省道217线从旁经过。它横跨雅砻江，是康巴地区年代久远、跨度最长、保存最完整的伸臂木质结构桥，素有"康巴第一桥"美誉，也属四川四大名桥之一。建于元末明初，由藏区著名建筑师汤东杰布负责设计建筑。1936年，中国工农红军红四方面军经过此桥，当地群众又称它为"红军桥"。波日桥长120米、宽3米，孔径跨度60米，由桥身、桥墩、桥亭三部分构成。桥墩远看形如两个坚固的碉堡，全部用圆杉木、卵石、片石相间叠砌而成，表面呈流线型，显得整齐、凝重。两个桥墩中部，用4至6根圆木渐次撑成拱形，圆木长度自下而上，逐步递增，形成两个悬挑臂，然后在悬臂上架横梁、铺上桥板，再装上栏杆，即为桥身。桥墩上用石片叠砌的"伞"形结构，便是桥亭。最为称奇的是整座桥，没有用一颗钉、一块铁，每一接合部，全部用木楔连接，展现了藏区人民卓越的创造力及古代建筑的博大精深。据新龙地方史料记载，雅砻江上有9座藏式木质伸臂桥。经历了岁月的洗礼，现仅存乐安乡境内的波日桥，是康巴地区现存最完整、跨度最长的全木质伸臂结构桥，波日桥也成为第六批国家级文物保护单位。

站在波日桥东岸沿，西斜的阳光正好把它气势如虹的身影映在雅砻江碧波上。江水变得舒缓了，犹如含情脉脉的少女吟着无字的歌谣轻轻地从粗犷而壮观的桥身下经过。波日桥现在已是全封闭地受到保护。在它的上游不远处，有近年新修的一座水泥大桥供行人过江。但在我的幻觉里，波日桥上仍行走着藏民同胞，也有骑着骏马的汉子潇洒地冲过桥亭门洞……

十九世纪中叶，四川西部的康巴地区曾经爆发了一次声势浩大的藏族农奴大起义。起义的领导者波日·工布朗吉在战争中左眼受伤失明，藏语称一只眼为"布鲁曼"，人们又称这次起义为"布鲁曼起义"。起义历时17载，先后占领并控制了昌都、玉树、果洛、理塘等25部族横亘千里的大片地区，威震康藏。清廷5次出兵，动用川、青、藏及大小金川兵力合围。波日·工布朗吉兵败后，与部属一道点燃波日寨自焚于烈火中。在二十世纪六十年代修筑的阿色大桥畔，河边有一块圆形的奇石，石头上有被人缠绕过哈达的痕迹，这石头与民族英雄波日·工布朗吉有关。说是当年布鲁曼拒绝清廷安抚，抛顶戴官服于雅砻江所化成的。新龙男人头上的红发辫，传说是他们的祖先用殷红的血染成的！

有关波日桥以及"布鲁曼起义"的传闻，在康巴地区可以说是家喻户晓，也为雅砻江大峡谷的传奇注入了浓重的笔墨。在这里，民族悠久的文化传承以及"梁茹"人（新龙藏语为"梁茹"，也就是森林间峡谷的意思）刚毅豪迈的精神耳闻目睹，随处可见。

仙境拉日玛

从大地理范围讲，拉日玛仍属于雅砻江大峡谷范畴，在宗教传闻中，其意旨竟然有不可分割之处。

这是我第二次到拉日玛牧村。数年前，拉日玛作为典范就在此召开过全省牧民新村现场会。对于摄影爱好者来说，到了新龙不去拉日玛就如同到了康定不上跑马山、到了北京不去长城一样会有失落感。

传说中的香巴拉人具有最高智慧，他们身材高大，拥有自然力量，至今仍从人们看不到的地方借助于高度发达的文明，通过一种名为"地之肚脐"的隐秘通道与外界进行沟通。长期以来，这条"地之肚脐"一直是藏经中的一个谜，这个谜一直让藏史学家费尽了毕生精力。许多人都执着地坚信，在中国西部的雪山和森林深处掩映着这方天堂净土。从十八世纪开始，人们为了揭开这个谜，就在中国西部的青藏高原、帕米尔高原和印度的克什米尔高原开始了寻找。几乎所有雪山的地方，都留下了寻古者艰难的足迹。终于，一个名叫尼美银批的活佛走进了雅砻江大峡谷，找到了"地之肚脐"的入口……而这一切，就在今天的拉日玛！

我们是在日暮时分进入拉日玛草原的。因天气不太好，缺少拍照的光影，我们只是匆匆拍了几张马群在草地上闲游的照片后，就直接去了牧村左侧的山坡上。草坡上彩幡林立，晚风中发出一片毕毕剥剥的声响。坡下的藏房民居大多用石板盖成，错落有致、布局紧凑的石板房，高到两至三层不等，一宅一院，木栅栏、青石路、石板屋顶，古朴而实用。更有700余年历史的扎宗寺，由经堂、铜色吉祥山、佛学院和佛塔群四部分构成，突出了佛教寺院特有的金碧辉煌与超凡之美，汇集和展示了新龙寺院建筑艺术最高水平。用数十万块刻有稀世孤本《甘珠尔》全套经文的石片垒砌而成的甘珠尔石刻佛塔，塔顶正中及五层台阶四周均安放有铜质镀金法幢、彩色石刻佛像和小彩塔。113座瑰丽而神圣的白塔组成的佛塔群，称为"尊胜吉祥如意塔"，有"世界中心"的寓意。整个石板藏寨地势平坦，三面环山，水草丰茂，神山耸立。如今藏寨已有几百户牧民在此居住，达4000人左右。可以想象，若干年前，面对高原恶劣的气候，厌倦了颠沛流离的游牧生活，牧民们渴望找一个安宁的港湾，于是在这里修建了定居点，他们就地取材，开掘石板盖房，天长日久成就了今天自己独有的风格。

我曾经去过贵州省镇山村石板寨。石头盖房子，石板当瓦片，石门，石墙，石板路，甚至连水缸、马厩、果皮垃圾箱都是用石板制成，活脱脱一个石板的世界。但青藏高原上的拉日玛石板藏寨与其相比，独具藏民族传统文化特色，块块青石在阳光下散出古朴、原始的气息，一点也不逊色。

是夜，在拉日玛一家简朴的小店住宿。月影临窗，万籁俱寂。睡梦中仿佛真的紧贴在大地母亲的肚脐上，聆听到她温柔而平静的呼吸，尘世的喧嚣都抛之脑后，睡得从未有过的舒适安然。

拉日玛是"地之肚脐"，而雅砻江大峡谷则是连接"肚脐"的"隐秘通道"，宗教传承与天意的默契暗合，更印证了雅砻江大峡谷所处地理位置及独特的自然环境，对民族风俗、地域文化的影响及特殊的包容性。反映的是康巴文化中古老、淳朴、豪放的一面，有着原生态的特殊魅力。

月华宝石，蓝色妖姬，拉日玛从来不缺仙气。独自璀璨，不仅是阳光和风景，石板寨子的粗粝朴质也充实了这方天地。于有形的原野和无形的风中飘来牧人豪放粗犷的歌声，金子般回旋在雅砻江大峡谷的山岭沟壑。

卡瓦洛日神山下

我在少年时钓过鱼的仁达小河边停了步。小河里的水那么清澈，甚至能看到水底游动的七星土鱼，我觉得大自然的一切都没变。过了仁达沟就是此行我最想去的大盖乡，是新龙县域内农耕土地最平坦的山腰大坝，几年前仅青稞良种试验地就达700多亩，堪称大峡谷的一大粮仓。5年前我去过一次，见了大盖村支部老书记，一个与我同岁的老转业军人，我们谈到当年的涵洞（江边一平坝的地名），老书记点头笑道，那会儿涵洞可真的热闹，筑路工程处指挥部所在地呀，商店、银行都有，还放坝坝电影！我曾经在散文《鹰殒、家猪私奔及其他》里所写的"雅砻江鱼会"就是记写的当年修这条公路时一个名叫大冲水的江流处因崩岩断流，曾有一个月时间，江里的鱼会集一起，远在一公里外也能闻到峡谷中散发出的浓烈鱼腥味，鱼多得让人没法相信。此行我没能找到那个"大冲水"，原来那名儿也是当年筑路工人取的，当地人至今也不知道那名儿。但我记得就在阿色桥附近。而另一则记写"家猪私奔"的故事，实际上就发生在当年的筑路工程指挥部驻地。我在涵洞找到了当年毙了那只"叛逃"的家猪（变了野猪）后，在雅砻江边刮毛开膛的巨大青石台。

去大盖乡最主要的目的也是瞻望卡瓦洛日神山。在大峡谷左边，高峻壮阔的雪山卡瓦洛日在蓝天下显得圣洁而威严。也是观光、探险的好去处。卡瓦洛日海拔5992米，山顶终年积雪，冰川晶莹，银峰逶迤起伏，气势磅礴，是藏区著名的神山，深受苯教和藏传佛教信徒崇拜。相传，卡瓦洛日山神是苯教十三大神中的财神雍宗道杰，为护佑新龙地方，特来此坐镇。故卡瓦洛日山口，被称为"孜雍琼戈"，意味"财富之门"。此雪山与佛经中记载的卡瓦罗守护神同名。在这个地区，如果谁家有灾难，或为避免灾难，祈求福祉，都会到此山上来转山，据说转一圈就相当于念一年的平安经或消灾经。此山山顶是现代冰川发育而成，就像给神山戴了一顶圣冠，在太阳下闪闪发光。在转山路山坳上有一大坝子，坝上有一白色的红木楼房是日巴活佛所住的房子，房子的左边半山被经幡所覆盖。各种颜色的经幡组成了一个巨大的"嗡"字，是六字真言的第一个字母，是康区最大的"嗡"字，为新龙一景。是日巴活佛为祈祷圣山不怒和众生的安宁，而带领僧众四处化缘，投资80多万元，历经一个多月精心挂在这半片山上的。面积约有100多平方米，它可与拉萨的那幅大唐卡相媲美。位于县城东南甲拉西乡呷乌村益西寺，距县城5公里，是康区著名的苯教寺庙。益西寺也是一座爱国爱教爱民的寺庙，1936年红四方面军长征途经瞻化，红军的一个师部驻扎在益西寺，上千名红军不进经堂大殿，露宿在寺庙坝子，庙内财物秋毫未动，令僧侣们十分感动，纷纷帮助红军筹集粮食，救治伤病员，与红军结下了深厚的友情。红军在这里驻扎了近30天后，北上到甘孜会师，离别的时候赠给寺庙一副钢钹和一面绣有"益西寺是我们红军的寺庙，我们一定保护它"的锦旗。

从大盖乡下山，我们又驱车去了颇有名望的宁玛派寺院——阿色土木寺。在该寺院内的草坪上横放着一根长约7尺、直径为1.56尺、酷似男性生殖器的天然圆锥形青石，也称为"龙根石"。

相传，此石是红教祖师莲花生大师派白若杂纳俟寺庙建成后作为"镇寺之宝"供放在大殿后面的。也传说此石是土木寺其多活佛在当地河滩上发现的，在这男根石近旁，尚有一酷似女阴的石头与之相配。男根石是由四五十个喇嘛抬到寺内来的；女阴因长在一巨石上，无法搬运，只得舍弃于原地。

宗教界人士讲，发现这类象形物，系修习大自在天（天神名）获得证果的迹象（修学佛道成正果者的外表行迹）。此种物品具有克地煞（星象学家所说某地一特殊地形地物，如岩石、树木等对当地运气有不利作用者）之功能。故有的藏民自家楼顶的外墙上用石头嵌成男根形状，以克地煞。亦有民间传说称，这类男根象形物刚劲有力，雄勃坚挺，是拴力大无穷的大象的橛子。大象拉扯橛子，一旦男根石倒向自己，大象便会害羞，这样它就再不拉扯了，所以认为只有这种"橛子"方能拴住大象。另据说一些身患不孕症者到该寺拜佛祈祷，并在夜里抚摸、跨骑该石，便会喜得贵子。种种说法也显示了地域文化特有的观念表达：部族的强大必须男人阳具伟岸有力，才能生殖繁茂。

同行的217公路建设协调办主任扎西泽仁告诉我，曾有一个来自日本的游客想用300万人民币购买"龙根石"，并运回日本，被寺院僧人断然拒绝。

再次回到大盖乡台地已是临近黄昏时分。北望卡瓦洛日神山，晚霞的抵达深藏着天意，天宇下的群峰更加神秘。腾漫于半山的云岚，犹如飘飞起舞的哈达，一片片阳光都让人肃然起敬。神山脚下的大峡谷中白浪奔腾，震耳欲聋，雅砻江真的如神山庇护的一条鲜活巨龙。

日鲁库湿地草原行

小桥、涧流、古柏，奇崖……

桥是几根原木并排架在两边突出的简易石砌墩上，无栏杆，桥面已经踩得溜光，桥木侧面还残留着没剥落的粗糙树皮，生了绿绿的苔藓，桥面濡湿，显然是桥下涌过的流瀑溅起的水珠濡浸所致。人行其上，小桥颤颤悠悠，得十分小心。站立小桥上看，山涧如白练，从上游夹峙的壁立青峰中转过急弯轰然泻下。急弯的涧道里又兀自立一嶙峋怪石挡了水道，那轰然而下的流瀑便舍命朝怪石上撞击，爆裂的浪涛掀起大珠小珠飞溅四溢，又汇成绕石的两股潮流直冲小桥窄洞，空谷擂响，其势骇人。待七拐八涌地冲过小桥洞后收了野性，竟自舒缓地转过平荡的大湾，流过一道杂木荆棘丛生的岩崖背后去了。这上下涧流其势判若两异，变化只在咫尺之间，让人实在惊愕。倒是岸沿不高的坡崖上长着几棵直松弯柏在风中摇动，枝丫上垂吊的丝丝缕缕"龙须"也飘逸不已，恍如耄耋老人见惯不惊地抚着长胡须窃笑，此景颇有仙风道骨的灵气。过小桥，沿着左边岩脚一道大转弯的上坡土路，约几十公尺远就到了一平坦台地上。路坎下面杂树林立，长得不高，间杂着矮松苍柏。坎下却是斜坡林地，直达一大片山间草原。刚从小桥处流到坎下草原的涧流便在平坦的草原上扭着腰身露出了小河的媚态，把草地分割成几大块形状各异的河岸草滩。有三三两两的牛闲散在草滩上。再望左右对面皆是青山簇拥，这就是很多游人闲客所描述的形如"大木盆"的日鲁库湿地草原了。

从斜坡林间穿行而下就到了草地边上，也是小河的岸边，很难找到现成的小径走到草滩上。现在看这"木盆底"就宽敞多了。四围的远山并不显高，起伏嵯峨，山高处多生苍松老柏，浓墨黛绿，沉稳凝重；山脚下又多生白杨，三五成排，灌木丛拥，娟秀幽雅。对面的山势稍低矮，好像弯曲的小河携了一片片丛生的草滩往那里奔，要寻找个冲得出山围的豁口，视线终抵达不了那里……近处，水景绰约。牛们闲游的倒影映在水里，一下就让人有了流水清幽、草滩雅致的感觉。水色已是澄碧微绿的柔和了。草滩上的草长得茂密，色调稍深，如墨绿带黄，不知是草染绿了河水，还是河水的碧绿濡染了草丛？恰有左岸草滩上的两头牛悠然自在蹚过小河去了右岸，这牛们就成了湿地草原上的精灵，陡添了勃勃生气。再细看，这三三两两的牛却不是九龙县境内生长的堪称"世界之最"的纯种牦牛，只是身材小型的黄牛或犏牛。如此肥美的湿地草原怎么就没有那一群群让人爱戴的体形彪壮的牦牛呢？一问，方知眼下才是秋末，而这日鲁库草原是冬季牧场，要再等半月过后，秋季牧场上的牦牛群才会大批地迁徙到这里过冬。

复回，返过小桥到了能过小车的土路上。开车的小伙子是当地人，热情颇高地拉着我们继续往山谷深壑里行，直到土路烂得不能再往前了才停下车。打开车门，就感到一股冷冽清新的气流袭上身来，那浓烈的青草味和腐殖质潮湿的气味令人心旷神怡，仿佛伸手朝空中掐一把也能掐出水来。眼前又是一方硕大的谷地草原。潮润的空气中有朦胧的雾岚轻飘浮游，遮掩着成片的草丛矮灌，时而明晰，时而烟笼，簇簇或黄或红的野花摇曳其间。游移的视线终落在小径边一方两抱的巨石上。石呈褐色，有小草生于缝隙。石上不知是谁放了一只完整的牛头白骨骸，弯角朝天，空洞的眼眶在雾霭中却显出了精神，仿佛草原的灵气全都聚集在了这颗白骨牛头上，令人陡生敬畏。

下车眺望，方辨出这又是小桥涧流的上游草甸。仍是群山青峰四围中的大草坪。青草微黄，这季节里却有红花、黄花夹杂矮灌丛中。涉足草甸，就知道什么叫湿地了。草丛一蓬蓬、一埂埂起伏铺展，如沙丘染绿，凹坑处流水盈盈，如银铂镶嵌。乍看草滩平坦如砥，一涉足方知浸水丰盈，不小心就踩进了水沼里。牧人在此原野上吆牛唤马，脚在这水沼草埂上奔走，其艰辛可想而知。微风在宽大的草坪间吹拂，轻轻飘动的雾霭如纱缦开启，草地的灵动便在纱幕间羞羞答答地显露。忽有马的嘶鸣在雾幔里响起，不急促，婉约如轻歌。朦胧的雾岚就浮动开来。循声望去，极细的一条弯曲小河畔，一对母子马正在草丛里悠然闲逛，那小马驹在母马身前臀后撒蹄顽皮，引来雾霭深处又传来一声深情的嘶鸣……雾岚终是慢慢升上天去，有微光从云层里泻下，湿地草原便舒缓地展开了娇柔的容颜。远处最高的山峦与草地缥缈的边沿相连。群峰粗粝壮美，山头和岩鳞皱褶间白雪皑皑，这就是湿地水源的充足保证了。这一台阶的草地上，许多溪水支流横淌竖流，都寻了低矮处奔走。那潺潺的流动声如丝弦弹奏。岸沿密匝匝丛生的小花在水流的摇晃下颠动，情韵盎然。顺一条稍宽的溪流看过去，就见远处山脚斜坡上搭着矮木棚，全是没剥皮的树破开后并排围的棚墙，顶上也是木瓦板，用大石头压着。木棚边立着长杆架的畜栏。没有炊烟升起，也没见牧人身影。有一只黑色的牧狗在木棚外遛动，也不吠叫。想必是木棚的主人上高山牧场去了，这空棚许是"夜不闭户"之所。我曾经在五须海对岸的牧场上去这样的木棚做过客，虽简陋，却温馨。里面木架上搭床，避了野地湿气，地火塘给人无尽温暖；奶香茶味中，主人的欢乐挤满了木棚。还时而有松鼠从木板墙缝钻进来探头瞪眼地偷窥。

听到棚外畜栏里响起牛哞马嘶，那顽皮的松鼠又呼地从瓦板隙间蹿了出去。牧场木棚远比牛毛帐篷实用，这也是日鲁库湿地草原一大特色，因周围森林茂密，就地取材的资源优势是显而易见了。

森林中的草原，群山四围的湿地，日鲁库形如平放的"8"字砚台，先前那小桥就是连接点。小桥以下是砚盘，以上则是砚台。正触景思忖间，耳边就有了鼻息响动声，却是七八匹体格高大的骏马走到了身边，正好奇地看着我们几个闲人，一点也无惊诧之感，让人一下就想到了这湿地草原的宽厚与温馨……

观卡莎湖

　　几次途经卡莎湖，都要驻足观望它。国道317线经由罗锅梁子的弯道上，居高临下便能观看整个湖区。一个山坳低洼地带形成的淡水湖，四围的群山都是草坡，就湖的南边岬角处长有几棵高大的白杨，天光尽显，湖水湛蓝宁静，犹如天幕的印迹。观望几次就有了一些感悟：这湖孤孤独独地处在高原山窝中，清贫单调只是外表给人的印象，慢慢品味就看出了它的鲜活生动之处了。

　　湖东边的卡莎村是入口处。一栋栋双层木质结构的紫红白边的"崩柯"临湖而筑。村后一大片湿地沼泽连接着碧湖。起伏的草埂和褐黄的沙包夹杂，是偌大一片昆虫衍生、野鸟飞禽觅食的宝地。据称，卡莎湖是川藏北路最大的水鸟栖息地，产卵季节湖沿变成了天然蛋场，碧透深邃的湖中游鱼成群，追逐游荡，水漪涟涟。这里也是四川黄鸭最多的地区之一，黄鸭，又名藏鸳鸯，它们总是成对出现、朝夕相伴，当其中一只死后，另一只会悲壮地直冲天穹，然后头朝下笔直地倒栽而下触地自尽，堪称自然界对爱情忠贞不渝的典范。沼泽湿地上也是牛、马喜欢闲遛的地方，远望下去，那畜们的四蹄惬意地插在沼泥中，你就知道水草有多丰沛了。湖东北山坡上，卡莎寺依山而筑，阳光从云层中漏出，刚好洒在寺庙所在的半坡，平添了壮观威仪。卡莎寺也属藏传佛教寺院建筑中的佼佼者。我曾留心过藏传寺庙选址的相关资料，其中就有"寺院应修建在依山傍水之处。这除了受汉族古代风水观念的影响之外，还出于宗教自身的要求"。自然，卡莎寺也是依坡临水而居，这也顺应了人类生存的基本法则。不过，东北山坡除此寺庙外并无其他民居藏房。民居藏房都修筑在湖西南的山坡平台上，并有一条沿湖而筑的乡道直达山梁那一面的甘孜县东谷，印证了这湖区并非是闭塞之地。也能看出寺庙圣地是独具其优越性的。四北方向是卡莎湖享誉世间的最大亮点，那里有一处石棺墓葬群，距今已有两千多年的历史，是迄今为止在四川省境内发现的规模最大、历史最久远的石棺墓群，被四川省考古专家列为四川省文物古迹保护区。已发掘百多座，有珍贵文物数百件。一位曾经参加过石棺发掘的朋友告诉我，此地石棺还分上下两三层，是不多见的现象。也许历史上这里是部落征战的地方，发生过大的战事，不然何来如此集中的墓葬群？

卡莎湖在高原蓝天的映衬下显得羞涩腼腆，她平静如坠落山坳谷地上的一方翡翠。我曾请教过对蒙藏文化有所研究的文友，他告诉我卡莎湖在蒙语里有"骏马缰绳"含义。听了让人感到诧异，不过也早就知道历史上成吉思汗的骑兵曾征战这里。在甘孜地区有关成吉思汗征战的传闻故事俯拾皆是。这卡莎湖边战马饮水的场面并非不可能的事。臆想中卡莎湖具有文静娴淑的女性象征，与阳刚豪情的"骏马缰绳"就有了比较，真的是具有刚柔相济的妙蕴之意。

几次观湖就只获知大概。同行朋友便建言，何不开车进入湖区"身临其景"。我摇头，并以在世方家名言回之：好东西不可一次饱享，慢慢消化才是。天地大自然是知之无涯的，人的有限的知之于大自然永远是无知，知之不知才要欲知。朋友笑道，那你回去这篇文章就只剩残缺的构思，是写不上纸的了。我笑道，这就更好行文了。朋友又问，这是何道理？我说，如果是将这湖区全走完看完了，文章却是不能全其所有的，反而要被人笑骂

"看完了就写这几个字"，留有余地才有诱惑，于文于人不都大宜吗？朋友听了也哑然而笑。

即离去。心里却在想：下次该是从东边进入了，看卡莎村，在沼泽湖边去偷窥野鸭孵蛋；再下次，走那湖西南的乡道上去看碧湖映寺……

及至回到康定，又在"麻辣摄影网"上浏览到炉霍县摄影家康巴阿哥拍摄的摄影组照作品《拍不够的炉霍卡莎湖》、军嘎拍摄的《炉霍圣湖》、康巴映象拍摄的《卡莎湖月色》……一幅幅风光旖旎的卡莎湖美景作品让人看直了眼。

——卡莎湖是足以让人不断探谜的了。

雅砻江湾随记

雅砻江流到甘孜县境内，江面便逐渐宽敞，水流也舒缓了。站在国道317线甘孜跨江大桥上，看宽阔的江水从桥下淌过，浪花亲吻着江岸和桥墩，如催眠的小夜曲，轻柔不喧。夕阳西坠，桥头岸边几棵秋叶摇曳的白杨倒影映入江水中，绰约有致，平添了流水的清新明澈。

前年春末夏初，曾因"格萨尔王"相关活动到雅砻江上游的阿须草原采风。上游的江面最是宽敞，不过汊河道也多，让一丛丛、一台台红柳灌丛、白杨荆棘分割，水流分分合合，曲曲弯弯，多了许多缠绵的韵味。主江道却显出了激奋豪情，江流汹涌，有迫不及待奔流之势。印象最深的是"格萨尔王庙"前的汊河湾，水流清澈，俗称"藏鸳鸯"的野黄鸭家族自由嬉戏觅食，见游人而不惊不诧，人与自然的和谐直观显现，遂事后记下了"黄鸭爱情忠贞不渝"的短文见诸于小报。并得知雅砻江意为"神牛溢奶"而成的神话传说。眼下又来到了雅砻江的中游（这是地理学家的划分），心思也随着水面荡漾的粼粼波纹而漫延开来。

先前是顺江而上去了甘孜县的绒巴岔。二十公里远近的一个临江藏寨里一位满头银发银须、手执长柄转经筒的老人近年差不多成了甘孜的一张摄影名片。可惜我去时老人已去了色达听大经。只得无功而返。却不意在沿途触景生情，感慨有加。沿江两岸，土地宽阔，直扩展到起伏的雪山脚下。这时节，山顶上如戴着雪绒帽，阳光下纤尘不染，山脚下草坡已泛黄，与收了庄稼的大地连成一片，微露衰相。但藏乡村寨却干净清爽地静立于蓝天白云之下，不事张扬，把纯美的理智掩于胸膛。天上有鹰飞翔，如挟带着高原的颂歌穿行于雅砻江两岸。回到跨江大桥上，看到江水滋润的两岸山川，我的思维也活跃起来。江西北方向的高地，四十年前曾是甘（孜）白（玉）筑路工程指挥部驻地。那个寒冷的冬天，一件最不起眼的小事，却深蕴着自强不息的意味，让我至今记忆犹新，以至我后来把它写进了虚构的长篇小说里：

原来路上的积雪中睡卧着一群冻僵了的麻雀，小齐数了一下，大概不下三十只。那一只只麻雀或睁着惶恐的眼睛，或张着叫不出声音的嘴，最强壮的也只能张两下翅膀，却也是无法起飞。小齐说："是从这行道树上掉下来的。"廖书记挺有人情味地说："这些麻雀太悲壮了，它们正在经受最后的考验。你们知道这些麻雀是从哪里来的吗？"林业局戴局长说："这是一群懒到家了的麻雀家族，整个夏秋季节里都忘了筑窝，天气一变就找不着家了。"廖书记摇摇头："它们不是没有家，而是这大雪把它们从家里赶出来了，它们是从寒冷的高山上飞下来的，天一黑就只好歇在了树上，但一夜的寒冷使它们都在树上站立不住了，只好听天由命地掉在地上。"小齐关心地问："它们还能起飞吗？""当然能，这太阳光晃着，等不了一会儿它们就会起飞。"话刚落，果真就有几只扑了几下翅膀，略显笨重地朝荒原上飞去，接着又有几只起飞了……

秋色濡染的白杨树上几声雀鸟的鸣叫打断了我的遐想。视线重新回到桥下，原来雅砻江是从这里开始形成了一个明显的大湾，湾里江滩杨树林立，藏寨碉房散立其间；湾外紧临县城，江洲之上仍是白杨成片。那清澈的江水浩浩然然地弯腰绕去，竟如雍容华贵的妇人款款而行，把江岸两边都映衬出了豪壮气势。

在甘孜县观雅砻江有两处最佳点，一是白塔公园，一是临近跨江大桥的观景台。白塔公园位于甘孜县城南3公里，高达37米的大宝塔屹立于雅砻江畔的台地上，蓝天衬映，飞云缭绕，神山注视，尤为壮观。据说，宝塔底三层宝座均按北京天坛祈年殿底座比例大小而兴建。此三层宝座共有黄铜转经筒512个及石制浮雕若干绕饰。大宝塔的金顶、日月、伞盖、屋檐滴水模、十三层法轮中义轮部分、伞盖莲、藏升以及宝瓶面门、六灵捧座等用黄铜制作并镏金。塔内底部四方分别有四佛殿，殿门上镶镏金琉璃瓦。与大宝塔相对应的藏经阁一层为图书馆及"无垢清净阅览室"。馆内按藏式建筑风格装饰，外部建筑则以汉传佛教风格的黄琉璃做装饰。数年前，白塔公园已成为康藏北部高原一颗璀璨的明珠。至今，园内还在不断完善建筑。这次进园看到了新筑的圣山水景与众多护法神灵的三维雕塑，玲珑精美，栩栩如生。同行的小车司机吉村原本是个业余藏画爱好者，此行甘孜，还专门买了绘制唐卡藏画的笔和金粉颜料。自然他对白塔公园内新增的神灵雕塑艺术有更深的认识。公园外侧坎下就是雅砻江大湾的江洲岛，从主流分岔流淌的小河平静地环绕着低矮的滩涂。滩涂上一排排主干笔直的白杨林中掩映着零散的农家藏房。对岸天边的卓达拉神山的影子也映在平静如绢的水中。几只白鸭不知什么时候走进了我们的视线，竟自悠悠然地浮入了小河绿波中。雅砻江湾的小汊河，让这几只白鸭增添了活力，竟呈现出江南水乡的温馨情调来。走近小汊河，又见一奇景，这清澈碧绿的水中相继出现了摆尾扭腰的鱼，其中竟然有三四斤大小的。一问，方知这河道中的游鱼多是当地老乡放生的鱼，凭借着雅砻江渊厚的资源，自由自在地生长，也从没人捕捞垂钓。然先前看到的白鸭下水是要寻小鱼小虾吞食的，这和放生岂不矛盾？往细里想，这大自然要保持生态平衡，弱肉强食，强者生存，弱者淘汰，原本也是自然生成的法则。雅砻江湾的自然生态演绎得如此真实生动，让人不得不叹喟。

重新返回到县城入城牌坊前，望雅砻江对岸的卓达拉神山，群峰起舞，蜿蜒壮观。有长云如升腾的烟岚，从几座最高的峰顶直冲天穹，晚霞恰好烧红了山顶蹿起的长云，那神山就如火焰山一般壮美璀璨了。急忙驱车来到观景台上，居高临下看江湾浩如烟海，白塔如点睛妙笔，东边的县城华灯初上，西岸群峰如蛰伏的巨龙身首逶迤。晚霞瞬间已是烧红了半边天宇，雅砻水浸淫红霞，弯曲的江湾竟如磅礴大气的红绸缎飘舞于康藏高原的天地间了。

牦牛沟随记

　　古老的井备寨子就在大山拥偎的牦牛沟里。至今我把牦牛沟里的藏乡山寨都当作了"井备"，因为当地山歌里所唱的"井备布姆最美"，任随你到哪个寨子，那嘉绒美女绝对会让你惊叹不已。

　　最初走近牦牛沟，是为了采写一篇"女子道班房"的故事，内容在此就不复述了。其实读者一听到"女子"，大概也能猜出其内容，牦牛沟似乎总与"女子"有那么一点点牵连不断的情丝。三年前，我与几个摄友去康定机场拍摄斯丁措美景，就是飞机跑道边一个天然高山小湖。湖的南边是贡嘎山群峰，天气好时，低机位能拍摄到碧湖中贡嘎山的倒影。转过背，北边天宇有两座并列相峙的山头，一黑一白，当时我将它们取名"黑白山"，至今也有摄友沿称为"黑白山"。后来得知那两座形如"乳头"并立的山就是牦牛沟必经之道上的"大炮山"。不论是"牦牛沟"还是"大炮山"，其名字就带着阳刚之气，特别是"大炮山"更是含有"匪气"。问过许多旧时代过来的老人，都称"大炮山"早年间就是出"棒客"（即土匪）的地方。从旧时驮脚汉子爱唱的山歌词，到"牦牛沟""大炮山"所含的"野性"，有很多令人叹喟的"恩怨情仇"故事发生在这里是不奇怪的。

　　汽车沿八丹路而下，翻越一处不高的山口，再经盘山公路顺牦牛河朝丹巴行驶。山口而下的地方叫疙瘩梁子，公路盘旋许久，方把"山疙瘩"拉伸。据说旧时"棒客"抢人就常出没于这山梁野地。可以想见，这里前不靠村，后不靠店，出歹人歹事也是应时代之运，如今自然已摒出历史陈迹。

从疙瘩梁子下去，牦牛沟峡谷就越来越窄，两边对峙的山直刺蓝天。在春夏之交，壁立的峭岩上横伸的杜鹃群芳争艳，给顺着牦牛河而行的公路平添了山谷野地间的妩媚。河水滔滔，在公路边拥挤跳跃，似要扑上岸来。而沿路的野花疯长，娇枝妖态，竟显出了阴柔相间的氛围。再行数里，公路与牦牛河平行走势，谷地也渐宽了些许，对岸能看到一片片河岸滩地，长满了蒿丛矮柳。对峙的山势也放缓了，不再那么狰狞，如并列的馒头舒缓地展现。平静下来的河水也呈现出绿色，轻轻地荡着岸沿草丛。谷地半空里开始出现袅袅娜娜的雾缦，仿若轻软的白锦玉绸让岩壁上的杜鹃枝蔓牵扯住了，水袖曼舞，柔情尽显。细看，却是河对岸岩脚下矮丛四围的台地上冒出的腾腾热气。这就是远近闻名的牦牛沟里的"热水塘"了，实为天然温泉，乃是野浴濯身之妙地。因我与摄影界朋友交往甚多，知道这里也是业界梦寐以求的"天浴"拍摄点，不过也没多少人走好运拍到美作。去秋末，好友欢哥曾应邀前往美人谷拍摄交通运输新气象的纪实照片。车行"热水塘"地界，对岸正有三两木雅妇女在夕阳之下天浴。这时节正当是秋收刚完，附近道孚境内和丹巴境内的农人都会择日前来洗浴，消涤秋忙过后的汗垢劳顿。隔河相望，木雅妇女双手掬头，长发垂肩，裸身于氤氲升腾的温泉中，千般妩媚，隐露野性，竟是嵌于大自然之美景中，艳韵天然。第二日，好友又驱车前往，奢望再拍到绝美大作。好运依旧，不过所遇洗浴人已是丹巴的嘉绒姑娘。较之木雅妇女，嘉绒姑娘更多的是娇羞含蓄，只一味地轻抚长辫于胸，潜卧于温泉坑内玉背相向。事后，好友讲述时，我便想到有名人撰文所叙：女性以手撩头上长发，多是"野"或"热"；轻抚胸前长辫，又显腼腆羞涩之态。如此洞察女性之态已是精致细腻了。

车过"热水塘"再往下行，沟谷又开始挤窄起来。两边相峙的峭岩逼视，头顶似乎仅余两尺天空。冥顽巨石、峭峰岣崖伸直了腰身地往天穹挺，比试你高我矮。沟谷中的牦牛河就挤成了一条弯弯曲曲的白带，水流浪涌，哗哗之声左拐右撞地叩在岸壁上，透出骇然之状。仰望那参差错落的山峰，相偎相依，各踞其峦。石罅岩缝呈"之"字排列有序，上列排排行行岩松崖柏。凝神细观，那石缝中的古柏裸露虬须盘根，紧紧伸入石罅间的根活生生挤出缝隙来再抱住它，那抗争的力道令人叹喟。而岩脚下一空心老松桩上兀自冒出几尺高一棵绿松，风里轻摇，犹如顽童嬉戏。从谷底慢慢地往那林立的峰巅望，就看到窄窄的天幕下一棵棵摩天松柏直立，看不见树顶，人就矮小得恍如谷地上的蝼蚁，在大自然面前人的渺小是显而易见的。倏忽间，我竟觉出眼前青峰翠崖林立如一个个穿戴漂亮服饰的嘉绒姑娘，风吹树摇，如佩饰"叮当"作响，随你怎么看都看不够似的。胡耀邦生前曾亲临牦牛沟，观感颇深，欣然题词"东谷天然盆景"。如今，牦牛沟的幽、峻、秀、奇美姿已引得游人如织。

牦牛沟的粗犷，天然盆景的娟秀，奇观幽峡与美女相提并论，有点像打铁的錾板上放了精致的银饰，让人不知如何下手。其实换个角度思忖：一方水土养一方人，山水钟灵毓秀，美女频出是自然而然的了。

皮察沟记

皮察沟在外地名气不大，就一条小山沟而已。在雅砻江大峡谷的新龙县却常听人提起，大多是说此沟如何如何的美，尤其是秋天里。大约知道我爱摄影，耳边听到的赞词就更多，不动心都不行了。待说一定就去时，旁人却又改口说，现在已是秋末时节了，沟里的"色彩"早败落了，也没啥看头。我更是坚持了要去。世人都爱凑热闹赶趟。谁都明白"秋天的色彩最丰"，秋末了，色衰景败，自然外观也有个惨淡的时候。好景诱人看，都蜂拥了前往，看的都是相同的景色。而游人渐少时，那沟里说不定就更有品赏玩味之处。世事妙就妙在独有所感。

离县城沿雅砻江而下二十余公里，右拐过一小桥就进沟了。

初时看，与其他的山沟也没多少区别。雅砻江大峡谷原本就是山高林密、沟壑深切的地理。两岸奇峰异峦，头上帽子都会望掉，其高峻自不待说。但刚进皮察沟口，那种群山挤压的感觉倏忽就没了。两边的山仍然是很高，视线却被眼下的一泓溪流吸引了。溪水是从沟里涌出的，非涓涓细流。在沟口开豁处展开，像少女的裙裾飘散开来，水面就显出一轮一轮的漪纹，或缠着露出水面的石头打转，或是飘飘然迎面荡来。到小桥处，却是一下束了裙摆，轰轰然涌成一筒潮流，从挤窄了的桥洞下争先恐后地涌出，直赴雅砻江的大流中。细寻，看不到溪边小堤，除了壁立山岩下的乱石，还有就是荆棘杂灌相互堆架的溪岸，显得杂乱无序，但立马就能想到春花夏草艳秋时节的妖媚。溪水出谷口时一定是尽情地享受了花簇绿草的青睐，缓缓而行，不亦乐乎，所以那平流水宽处水纹再美却是露了肤浅。一旦与桥洞相搏，奔赴雅砻江的豪情便扼止不住，其轰轰然之气概颇感动人，实属深沉之力道。如是花香草茂之时，又怎能品赏到如此刚柔相济的理趣。

进得沟来，却又是另一番景致。溪水在窄细的深谷中忽隐忽现，水声叮咚，时而从碎石卵滩下潜淌，时而冒出雪花样的身影，不张扬，含腼腆，与两边千仞峭崖的凶猛样恰成强烈对比。此时容不得你不抬头望山、望天了。溪流之从容再不能感化人。极尽险峻的峭壁奇峰、危岩巨石，阴面如泼了墨晕，阳面露了惨白，硬硬地把个沟谷挤成了"一线天"，骇得窄溜溜的天上一两团乱云也不敢停歇片刻，欲飘走，却又被错落参差的山峰撕得七零八落。更有那墨黑如黛的松柏齐齐地排队竖立在危崖峭壁间，或一两阶，或三四阶，如挎刀武士护着峭崖，又如山中的黑大汉长得乱糟糟的络腮胡，徒增添了狰狞之貌。我说，这地貌有些凶险。一当地朋友便笑道，这是奇险峻幽的集中体现呀！没等我笑出声来，他便故作正经地说，那庙里的护法神有哪尊是慈眉善眼的？我道，怎么如此相比？朋友笑道，这故事你就没听说了：传说皮察沟内有座黑教的神山——呷拉神山，每到"朝山会"，农牧民前去神山朝拜。然而，呷拉山顶不知何时栖居了一只硕大的"夏甲曲绒"（意为一种凶恶的鸟），不时将村里百姓的牛、羊叼到山顶吞食。藏王格萨尔得知此事，决心要除掉"夏甲曲绒"。危害生灵的"夏甲曲绒"得知格萨尔王大军前来征服它，十分惧怕，数日藏于洞中不敢出来。格萨尔王隐身于岩石背后，让王妃珠牡设法引"夏甲曲绒"出洞。"夏甲曲绒"体形硕大，栖息的洞无法掩其全身，头部只好露在外面，时时观察动静。珠牡到接近洞口的地方，滔滔不绝地赞誉"夏甲曲绒"长得美丽，它经不住赞美，渐渐地伸长头颈，最后骄傲地露出洁白的全身，并高昂着头。格萨尔王趁机迅速张弓搭箭，一箭射中"夏甲曲绒"的颈部，血流满山，以后这座山便变成了红山。当"夏甲曲绒"负痛逃至皮察沟"一线天"时已精疲力竭，便停留在山崖中。格萨尔王随即赶到，藏于灌丛，背靠巨石用脚一蹬（至今天一巨石呈凹形，似有人蹬过），再次射中"夏甲曲绒"。"夏甲曲绒"再次负痛逃去，停在觉然村一巨石上做垂死挣扎时，它的爪子在巨石上抓了无数道沟痕，后人把这个巨石称为"鬼抓石"……我无意去寻找"红山""脚蹬石""鬼抓石"等，也没想深究格萨尔除妖是否用过"美人诱惑计"，但却在沟谷里发现一个与众不同的现象：在一处窄小的谷地路旁，长满了杂枝黑蔓的灌丛，灌丛上彩幡密布，钻进灌丛，里边竟然塑了一尊格萨尔王的神像，神像不高大，却威仪，的确像是藏在崖壁下灌丛中……很容易让人想到故事中的情节。而在其他地方，我所见到的格萨尔王塑像都是高头大马、神武飞扬地挺立于大庭广众之前供人朝拜瞻仰的。皮察沟确有不同之处，连格萨尔"降魔除怪"的故事也和凡尘世人更亲近。那王妃安在？过了"一线天"就到了五彩林。的确眼下已是秋末，丰沛的五彩秋色已过了十天半月。沟对岸一大片一大片丛生的树林多数已落叶归根。下半截树干裸露于枯叶败草织就的"地毯"上，树尖还不同程度地残留着或红或黄的树叶，我却是把它们看成是薄装轻纱婷婷而立的少女了，纤纤腰肢林立，红巾黄纱缥缈，不臃肿，却更清秀。尤其是那崖脚下堆积地上的杂树林，都拼了身肢地往头上疯长，为的是争得阳光，树干就一味地笔直，站列一起，就如褪了彩色裙裾换上纱绢短装的美女比腿，一个比一个挺直靓丽，更兼了树冠还留了披红戴黄的矫饰，更衬出群树争艳斗奇的姿势，在这沟谷里竟显妖媚之态，与林梢上面那些巨石高岩相比让人顿生爱怜之意。崖脚下的树林终是冲不上天，林上便又显铁骨苍崖，崖罅排列的多是硬松，终年不落叶，色却近墨绿，接了杂丛树林的愿望，也往天上冲。再往上，就是平仄纵横的巨岩峭壁，刚硬得如生铁一般，然崖顶就有了那一两棵直立的苍松摸到了天庭，扯住白云四野招摇。从崖脚的杂树丛的妩媚，到崖顶上迎风竖立的幸运的摩天松，上上下下，前赴后继，蓬蓬勃勃地生长在这沟谷里，哪里还存秋色已衰的残败。

终是走过了峡谷沟壑，恰逢太阳光从两边对峙的山罅间斜射而入，眼前豁然开朗，耀眼的光瀑里竟是谷地里一方山乡大坝。有白塔、藏房、崩科、土墙院落散居其间，也有牛哞狗吠声随微风传来，温柔得像在和陌生来客打招呼。好一方"遮风避雨"的桃源天地。这皮察沟就如一把长柄瓜瓢，先前进来的沟谷是长柄，这谷地大坝就是瓢底里了。眼下确是秋末，空落落的褐色大地略显荒凉，不过，色彩单调却是意蕴耐读。山岭沟谷是有灵性的，情感与之相通，无景即是大景，犹如"水无色却是色最丰"，让人很容易就想到春暖花开、夏茂秋艳时的景状。真是不虚此行呀！

马尼干戈的遐思

深受汉文化的影响，对这方地名称谓就有了先入为主的印象，由此就可以想到"马尼干戈""郎多""柯罗洞""俄绒麦扎"这些极具阳刚之气的地名，甚而联想到金戈铁马的战场。其实一经懂藏语的文友说明，方知已释意千里之外。"马尼干戈"意为"转经的地方"，因此地为三岔路口，路口总有经石堆供虔诚的藏传佛教信徒转经而得名。再看"俄绒麦扎"，这是雀儿山主峰名称，其语意是一个高高的大汉拍着胸膛对人说："嘿！像我这样的山峰还有十八座。"何等凌空傲骨的阳刚气魄呀！

行履康藏高原，山山水水都是有灵气的，不能用心与之交往，那肯定是徒有此行的。

马尼干戈是康北小镇，说不上繁华，但却是格萨尔故里德格县的门户。一下车，你就会感受到康北高原刚硬而倔强的气质。风虽然只是在天地间飘浮，但你分明能体会到那种粗粝而深刻的抚摸。小镇略显零乱，但一眼也能窥视到市场经济带来的热闹。小巧的店铺林立，百货、食店交杂，并无统一的人为安置的痕迹；汽车、马匹各行其道，相安无事；间或有身穿着宽大藏袍的草原牧民骑一辆摩托"突突"地飞驰而过，引来闲卧路边的貌似凶猛的藏獒发出几声如敲击煤油桶般沉闷的狂吠，你不假思索就会想到活脱脱一个美国西部牛仔小镇的再现。

其实就在这似乎是雄性味十足的高原小镇上，你稍加留意就能发现柔柔的情愫隐蕴其间。

距离马尼干戈不远的地方就是玉龙草原，相传格萨尔爱妃珠牡的诞生地。玉龙草原原意也是珠牡眷念的地方。我曾有幸在十年前到过玉龙草原，那是一个鲜花盛开的季节，如锦似缎般迷人的草原上，牛哞羊欢，牧女的歌声在柔柔的轻风中遥遥地飘浮，让人生发出人间天堂般的感受。而至今仍没忘记的是马尼干戈镇头草坡上那栋道班房，那里工作的几个汉族青年女工每天都步行往几里远的玉龙草原上送饭送茶，因为玉龙草原上有川藏线养路工的石料场，有为抢修养路机械而昼夜加班的小伙子们。记忆最深的就是那些青年女工银铃般的笑声久久地飘荡在草原风中，生活的乐趣在这偏安一隅的康藏高原上仍是那么让人沉醉。

我从往昔的沉思中醒来，眼前小镇并不十分整洁的路上走过三个年轻的姑娘，她们都戴着洁白的口罩，但从那穿戴模样上就能明白无误地看出这是三个典型的汉族姑娘。她们都大包小包地提着行李，显然是高原小镇经商的巾帼，一种油然而起的敬佩从心底生起。千百年来，藏汉民族的交往不是一直延续至今吗！后来，我在阿须草原的格萨尔纪念堂见到了格萨尔王和他的三十员大将及王妃等的塑像，也知道了有一个汉族姑娘曾在千年前就成了格萨尔王家室中的一员，她就是格萨尔王同父异母的兄弟甲察之母。藏汉联姻早已是历史上的佳话，这是无须多述了。

汽车离开马尼干戈，我的思绪却久久不能离开那个高原小镇。马尼干戈真的能激起游人的无限遐思。

阳光下祥瑞的阿须草原

正午的骄阳带着强烈紫外线的炙热，一览无余地普照着这一片沿江舒展开来的草原。康藏高原初春迟暮染绿的草丛，还藏不下骏马狂奔的蹄音，那如小星星般不起眼的蓝花花、红花花还羞羞答答地躲在草丛中；但迎面而来的草原风却实实在在地将高原春光无限的信息传递给了人们。微风阵阵，温馨宜人。彩幡猎猎，张扬如炬。那一片片、一簇簇溢满了藏传佛教神秘色彩的彩色经幡或横空招展，或簇立如亭盖，都隐蕴着千古风光，神圣而虔诚的内涵。

最引人注目的是一对鲜活而笨拙得让人既怜爱又好笑的草原旱獭。它们原本是懒洋洋地团在草甸上饱享骄阳的爱抚，那毛茸茸的头上一对黑亮的小眼睛好奇地呆望着公路上驶过的汽车。一会儿，它们起身摇动着肥臀，极像一对富贵的公子朝草丛深处走去；那憨笨的神态和无忧无虑的自在样让人禁不住好笑。随即，车行一路都看到这种草原特有的动物，据说这是国家二级保护动物。自然，坐在沿江而行的车里，也情不自禁地被车窗外或蜿蜒流淌或奔流汹涌的江水所吸引。初春的雅砻江水还显俏瘦，但却透露出鲜活的气息。流泻的江水清澈如璧，冬天的冰凌已销声匿迹，流水泛着涟漪处绿如淌玉，翻着浪花处又呈现出雪花簇簇。据懂藏语的同事解释，"雅砻江"其名字就意为"牦牛的乳汁"，这条奔流千里的江河就从这里开始鲜活地滋润着两岸大地。在江心洲那簇簇苇草丛中，红柳给人的印象就是生命迎着高原的阳光蓬蓬勃勃生长的象征。江岸边的红柳更是让流淌的江水也平添了一种妖媚活泼的姿态。柳影遮掩下的水面上，时而会出现一对黑白羽毛间杂的野鸭或一对金黄碧翠的黄鸭，它们总是成双成对地嬉戏水中，把安宁平和的气息渲染于天地间。即使是振翅掠过江面，留在水中的飞翔靓影也会让人产生祥和安宁的眷念情意。

车窗外不时闪过的那一座座形态庄严和肃穆的山峰，在蓝天白云下尤其显得神圣。记得返程中，我们的车经过一座神山脚下，天空忽然飘起了雪花，真称得上是"阳春五月雪纷纷"。弥漫在雪幕中的神山挺拔巍峨，呈现出的是一派无与伦比的神韵；而在神山之巅的风雪交织的天幕上，一只鹰伸展着宽大的双翅，无畏地盘旋在天空中，让人产生无数联想。眼前的景象不正显示出神灵对这方水土的护佑抑或是这方高原山水本身就让人迷恋向往吗?!

这里是雅砻江的源头，草原辽阔宽广，四周低伏如驼的山峦将天幕拉扯得广邈无垠。江水在这平缓的草原上尤其显示出了她的舒展和柔情。她流得沉稳，带着少女般的羞涩浅吟低唱，决不张扬也不喧哗，如小溪般的淙淙水流声将平和的音韵款款地传递给两岸。正午的阳光如金瀑般从天宇倾下，辉映着阿须草原恬静安宁的每一寸土地。藏传佛教寺院岔岔寺的红墙衬托出寺前高高耸立的白塔雄浑挺立的姿态；而相对里许远的格萨尔纪念堂在流水和阳光交织的空灵的音韵中显得越发的庄重。纪念堂侧的格萨尔王骑着战马凌空而立的巨型铜像在骄阳下泛出圣灵的晕光，让人从心眼里肃然起敬。尤其让人不能忘怀的是那被誉为"河心公园"的江中滩涂。舒缓的流水环绕着一片片硕大的滩地，滩上遍生姿态婀娜的红柳，而那红柳丛投影水中的涟漪就别致地显示出情味十足的光影。正午的阳光轻抚着人的肌肤，风是柔柔的，让人感到满足和惬意。仰躺在草地上，吟听风中传来的牛哞马嘶，目光所及高远的蓝天白云，须臾间，冥冥中似乎有一声婴儿的啼音在轻风中遥遥飘入耳际……那声音变得雄浑了……金戈铁马，从遥远的历史中向你走来。你会在这种景幻中不由自主地叹喟：这就是地杰人灵的康藏高原圣洁的一域啊！

雅砻江源的支流中，格萨尔纪念堂前清粼粼的水面上传来悦耳的"呷呷"声。那是一对高傲的黄鸭带着它们的一群十一只小鸭在水中觅食嬉戏，那么无忧无虑，面对陌生的游人并不惊惶，把一股和谐安宁的气氛无可拒绝地传导给人，让你沉醉，久久地沉醉。据说黄鸭的别名叫"藏鸳鸯"，如其中一只遭到不幸，另一只会飞到高高的天空，然后一头朝地上扎下，以身殉情。这种传闻无疑会让人产生对人间真情的深深怀念。面对眼前戏水的黄鸭家族，你会情不自禁地在心底深处轻轻地赞叹人与自然的融合是多么美好而令人神往的啊！

这是英雄诞生之地，也是和平昭示之地；因为格萨尔王出世就是为了镇妖降魔，保一方百姓的生存安宁。眼下身临其境，面对神圣的藏传佛教寺院，那虔诚转经的白塔，格萨尔巨大而威严的铜塑，格萨尔纪念堂的庄严，每一个人的心绪都会无止境地飞升！正午阳光下祥瑞的阿须草原，让我感受最深的还是那份弥足珍贵的平和与安宁的氛围。

美人谷风采
——丹巴"嘉绒风情节"巡礼

女国遗风——竞选美女

这是史实记载还是文人杜撰的民间传闻？也许没有一位到丹巴的游人会去刻意探底。我却是在多年前就读到文友牟子兄所著《行走丹巴美人谷》一书中得知的：女性在这里占主导地位，东女国的国政也是以女性为主。女王运用这些女官，当然要通过一种考核选拔手段；经过一番评头论足，从仪表、风度、气质和能力进行一次测验，然后择优录用……选美恐怕也跟今天选村长、乡长差不多。弄不好那个时代的"村长""乡长"就是这样选美选出来的。东女国的国王是女的，官员们也是女的，在女性世界里，美是一个很重要的条件，从古到今美就是一种神奇的征服力量。嫣然一笑可以倾城、可以倾国、可以兴邦，也可以亡国。遥想东女国的国制是肯定少不了这一条内容的。东女国消失后，女官不复存在了，这种类似选美的活动却一直流传下来，成为民间一种纯粹的选美活动。文中所指东女国国都即是现在的丹巴，这就难免让人浮想联翩了。

因为刚到丹巴那天下午，我们一行摄友就迫不及待地去了顶果山。那段很让人难忘的古老驮道上的山歌就自然而然地回响在耳际：

行走在驿道上的乌拉们哟，
走到了雅拉神山下的牦牛河畔，
千万别看那里的参天大树，
要是看了那里的大树，
今天你们一定要走黑路，
因为那里的森林太美丽。
行走在驿道上的乌拉们哟，
走到了牦牛河边的井备寨子，
你们千万别看那里的布姆（姑娘），
要是你们看了那里的布姆，
你们今天一定要走黑路。
因为井备的布姆最迷人。

顶果山就在牦牛沟区域的大山里，古老的井备寨子就在大山拥偎的怀抱里。而我们一行摄友既想去观瞻被称为"红色寺院"的顶果山雍忠佐钦岭寺，也是和另一位现代年轻女性有关。她是一位业余文学作者，我曾拜读过她多篇文学作品，尤以散文写得飘逸洒脱，情真意切；她自愿来到雍忠佐钦岭寺学习藏文，而且在大山深处的藏传佛教寺院一住就是两年多，这给美人谷出美女的内涵又平添了一个让人追思不已的意蕴。见面其实是平淡的，她带着我们一行观瞻了寺庙，也参观了雍忠佐钦岭寺专设的纪念堂，里面陈列的竟然是我在曾经去过的任何藏传佛教寺院里都没见过的当年红军长征路过此地时遗留下来的马灯、土碗等以及毛主席像章之类的革命文物。分别之时，她特意告诉我，因为这里有电，她在这里能使用电脑，言下之意，她的文学创作仍在继续。我们每个人都赞叹不已。

几年前，丹巴就流传一句话：八千美女出山，三千美女下海。如今随着改革开放在高原的快速发展，"出山"和"下海"的丹巴美女显然不止这个数了。所以往届"嘉绒风情节"当地人都既自豪也很惋惜地告诉游人，要是等到过年时，外出打工的姑娘们都回家了，那时的美女就更多。不过，这次一到丹巴，我们就得知，本届美女选手中就有专程从内地返回家乡参加竞选的嘉绒姑娘。

"美女如云"这个汉语词汇让人想象太深远。然而，在美人谷"嘉绒风情节"开幕式上，那就不仅仅是"如云"了，而是"满天彩云"应接不暇了。当然最吸引眼球的是那一队队参加复赛的美女选手。美女们头上搭着绣花帕，身穿鲜丽华贵的中长袍衫，下垂各色百褶裙，胸戴银白嘎乌，脖子挂着绿宝石、红宝石、蓝宝石、红珊瑚、蜜蜡珠，头帕上佩着各式银饰品、珠宝饰品，把原本靓丽夺目的美女们扮得更加飘逸潇洒。那个在复赛中，腰间挂着19号选手牌的美女很快引起了人们的注意。她藏名叫蛟居卓玛，学名钟昊。嘉绒藏族每个家族都有房名，"蛟居"是她家的房名，和汉族的姓相似，而卓玛让人想起丹巴籍情歌王子真知唱的那首带着草原芳香的歌：

> ……你有一个花的名字，
> 美丽姑娘卓玛啦！
> 你有一个花的笑容，
> 美丽姑娘卓玛啦！
> 你像一杯甘甜的美酒，
> 醉了太阳醉了月亮；
> 你像一支悠扬的牧歌，
> 美了雪山美了草原……

果真在闭幕式那天的决赛中，蛟居卓玛一举夺得了本届嘉绒"金花"桂冠。如果要说她成功的原因，有一点很令人感慨，不得不信服：她正是一位还在省城某大学读书的女学生，有文化的嘉绒姑娘并不张扬的潜在气质让她从众多美女中脱颖而出。其实在风情节第一天，很多摄影家和记者的镜头就对准了她。我也拍下了她和她母亲在一起的靓照。后来认识了才得知，蛟居卓玛回家参加选美，她母亲一开始是蒙在鼓里的，直到她在预赛中胜出，母亲才知道。这位养育了"金花姑娘"的母亲是街道办的干部，干练直爽，从她做事说话风风火火的性格上就能窥见年轻时绝对也是一位美女。在美人谷，母女都长得靓丽的俯拾皆是。她们真的是史传的西夏皇室后裔，还是缘于东女国红粉佳人的遗传基因？美人谷之谜让人遐思难解。

"中国最美丽的乡村古寨"——甲居

背靠亚霄神山的三座山峰，山脚下是平缓流淌的金川河，被誉为"中国最美的乡村古寨"的甲居就坐落在半山腰山地果林环绕中。"甲居"二字在藏语里是"一百户人居住的地方"，说明最早这里的人并不多，现在却是寨楼如林，壮观的山寨风光已成为美人谷首屈一指的名片之一了。据传是亚霄神山带来了甲居的美丽和富有，所以甲居藏寨的人总是要选好日子在一处名叫普鲁窝的大草坪上朝拜亚霄神山。甲居藏寨在风情节期间举办的活动当然也会设在大草坪上。

我曾在《情动真知》的歌碟前言中看到这段诗意的话：用一种声音把心灵的感受渗进碉楼石砌的缝隙中，渗透进牛毛帐篷圆形的孔穴里，渗透进养育雪域高原的纤纤青草的根部，从而让飘扬着五色经幡的大地与人们的思想一起舞蹈，这就是一个歌者真正的心愿。这话不仅仅是指这位丹巴籍情歌王子真知先生的心愿，它恰如其分地说出了美人谷嘉绒藏族人民对今天这个和谐社会的赞美之意。站在大草坪的边沿，听着草坪上人们的欢歌笑语，猎猎的山风吹拂着草坪上空飞扬起伏的五彩飘带，陶醉的心如放飞的野鸽在这天人合一的人居美境上空飞翔。藏寨地处花瓣形的山腰中，眼下真的是一片童话世界。时值初秋，山岭还只泛出星星点点蛋黄色彩，更多的则还是绿树草青的夏末景象。错落有致的嘉绒藏房坐落在田园里，掩映在树林中，五彩缤纷的窗棂和白色的墙面在大山的衬映下令人赏心悦目。秋的景色进了藏家的楼顶，一片片、一簇簇铺晒在楼顶上的金黄色玉米棒子，一串串悬挂在屋檐下的红海椒……心真的醉了！

中午，我们是在一家挂牌"三姊妹"的农家乐吃的饭，自然是一色的嘉绒土特产，腊肉、洋芋、酸菜面皮……这家的老二也是今年参加选美决赛的姑娘。三姊妹一起把这个"农家乐"的生意做得很有名气。坐在院子里的饭桌上，我就看到连外国游客也打听到她们这里来。毫无疑问，甲居山乡的生活是美好的。山民们的富有从她们的笑谈中就能窥到。

那天下午，我坐车去了离甲居只隔一个山梁远的另一个叫聂拉的小山村，那里正是蛟居卓玛的老家。据称，小山村里矗立的那座古老的石碉从没有外来的摄影家走近过。我如愿以偿地拍到了落日下威严高昂的聂拉古碉。在古碉周围的苹果林下、山地边、草丛里，到处散落着成熟透了从树上落下来的泛黄苹果，犹如黑土地里冒出的颗颗油珠。蛟居家三哥说，地上的苹果都是不要了的，让它们肥土。我却惊诧得鼓圆了眼。晚上，蛟居家的老人一边陪着我喝野蜂泡酒，一边聊着有关美人谷藏寨的趣话。我听到一个很早以前的说法，说是姑娘长大了不要嫁到甲居去，原因是甲居寨子很穷。如今呢？甲居可是富得流油了。我在心底想，要不，甲居能评成"中国最美的乡村古寨"吗?!

美女成群的巴底乡

"嘉绒风情节"分会场之一的巴底乡据称是美人谷美女最多的地方。二十世纪末，丹巴美女卢阿姆在自治州民族艺术节选美中获得"康巴之花"称号，巴底乡便成为了美人谷最显亮丽的地方之一，有人还把这里称为"美女大本营"，因为卢阿姆正是生长于该乡的嘉绒姑娘。十余年过去了，有关"康巴之花"的传闻早就见诸众多报刊电视上。卢阿姆嫁了一个本乡的嘉绒小伙，老公开上了自己的大货车跑运输，她自己经营着"民居接待站"；美人谷的旅游越来越兴旺，当然也和她"康巴之花"的美誉有关，生意红火得让人羡慕。据说美人谷从前有过一种说法："巴底的姑娘结不得"，其原因是指这里的姑娘爱打扮，从前山乡人家很贫穷，姑娘爱打扮了还能有心思侍弄地里的庄稼? 真的是穷得连姑娘天性爱美的权利都受人责备了。其实，"杨白劳"还要给"喜儿"买根红头绳，何况美人谷嘉绒姑娘天生丽质，能不"顾影自怜"嘛! 当然现在没人再说那样的话了，也正是众多的美女成了美人谷向外界展示的最好名片，这里的旅游热潮才越来越旺盛。

巴底分会场举办活动那天，乡所在地的公路两边真正是"美女如云"，数百嘉绒美女如团团簇簇彩云锦缎夹道欢迎来宾，美目流盼，千花摇曳。朋友的文字小结是恰如其分的：艳丽华贵而不失典雅大方，雍容华贵而不失潇洒飘逸。这是丹巴嘉绒藏族姑娘的服饰特色。丹巴姑娘闻名遐迩，就那飞逸的头帕下迷人的娇艳，那飘然的围裙和婀娜的身姿，也够你想一辈子。

在本届"风情节"，巴底乡有三件值得记录的感受：一是在晒坝文娱演出中，由山乡老年人演出的《北京的金山上》，让人一下就想到山里人对社会主义祖国和共产党的朴素感情；二是中年汉子们演出的古老传统"嘉绒弓箭舞"，让人深深地感受到了嘉绒民族在历史的长河中所继承的民族文化传统以及这个民族所具有的奋发向上的精神；三就是"康巴之花"卢阿姆的女儿在本届"选美"活动中脱颖而出，一举成了新一届"嘉绒银花"。

巴底分会场活动结束，离开时，我们的车路过卢阿姆的民居接待站，绿树鲜花掩映下的农家小院让人留恋不已，可惜小车开过，我们也没能看到著名画家丹青在卢阿姆家做客时，所挥毫写下的"丽人居"三个大字。这就足以诱惑我们下次再来了。

摄影天堂中的"天堂"中路村

走进丹巴嘉绒藏寨，最让人惊讶的就是那一座座掩映在绿树花丛中的藏楼古碉。丹巴藏寨被人称作"人间仙境""天人合一"的人居环境。独特的建筑，古朴的民风，无污染的绿色，远离尘世烦嚣的净土，让人感情升华，灵魂净化，心旷神怡。作为摄影界的人士，没有去过丹巴，没有去拍摄过藏寨田园风光，真的是最大的憾事。而中路，更是摄影家们趋之若鹜的创作之地。如果你注意一下那些向全世界展示的摄影网站，"新摄影""摄影无忌"等，可以说没哪一天少了丹巴藏寨的靓影。

到中路藏寨，很多人都去过桑丹家，这是一家颇具规模的藏家民居接待点。我曾多次食宿他家。记得有一次因急着赶早去牦牛沟拍秋景，将手机遗忘在他家。让我没想到的是，中午时分我在离中路数公里的县城吃午饭时，我的手机竟然被人送到了我手上。失而复得当然是让人感动的。藏寨美，藏寨的人心灵也美好。

这次去中路，听说有一位来自新加坡的华侨妇女，自驾车到了中路，竟然一住就是三个多月。在"风情节"上，她还穿上了嘉绒民族服装，与当地乡民一起跳起了锅庄舞。她已能用嘉绒藏话与当地人交流了。我的一位伙伴问过她：你为什么这么迷恋这里？她的回答其实很简单：因为这里太美了！一个周末的中午，我恰好在中路藏寨，看见一路由成都自驾车来到中路休闲度周末的一家人，他们还带着自家的宠物狗。抱着"贵妃"的女主人告诉我，他们一家是今早天没亮就从成都出发，现在就到了中路，今晚在这里住一夜，明天下午就可以赶回成都，后天周一就上班了。我问她这样奔跑累不累，她笑道，不累，很休闲的，从喧嚣的都市到这里来休闲，哪怕时间短，给人的感觉也是美好的。

在中路，能遇到的游客中尤其搞摄影创作的人最多。傍晚，到中路东边高高的水堰那里的拍摄点，你会见到无数摄影人挺有耐心地等待西边天宇的晚霞出现。而每天早上，在中路西边的高坡山梁，更是"长枪短炮"架设的战场。据说，连中路导游的嘉绒妇女也搞懂了什么叫"光影"、什么叫"漏光"。如果不相信，你去中路搞摄影，请上一位既可以当导游也可以当"模特"的嘉绒妇女，她绝对是你摄影创作的"指导老师"。

我曾陪同中国著名作家陈世旭、杨志军、范稳等到中路观光。其中几个作家都是摄影爱好者，他们也说，新都桥是名副其实的"摄影天堂"，而这中路藏寨更称得上是"天堂里的天堂"。还有一位摄影家告诉我，他已经来过七八次中路了，但年年都还要来，特别是这里的春秋季节，那真的是出佳作的最好时机！

丹巴藏寨真可谓是大手笔的风景画，是人类与大自然珠联璧合的创造，天然绮丽的风光给人们带来无尽的想象和美好的愉悦。

少女成人礼——"萨金"

丹巴"嘉绒风情节"主体内容有两项，一是选美，经过参赛、复赛、决赛，选出嘉绒美女中的金花、银花、石榴花；另一项颇具浓郁风俗的节目就是嘉绒少女成人礼，当地人称之为"萨金"的成人仪式。很多人都把这两项内容各异的"节目"混为一谈了。其实亲临"嘉绒风情节"你就明白了，这是两项既有关联又各具不同内容的节目。选美是以青年姑娘为对象的，而成人礼则是以十三岁至十七岁少女为对象的；而本届参加成人礼的女孩，也许就是下届抑或再下届参加选美的选手了。古老的"萨金"一般是在阳历三月初春耕播种时节举行。按过去的传统习俗，美人谷的嘉绒藏族姑娘没有通过"萨金"的是不允许谈恋爱和提亲的。传说，没有经过"萨金"的女孩，死后阴间的鬼魅会用"萨金"仪式上的发簪刺穿她的咽喉来作为惩罚。经过"萨金"后的女孩才能正式步入成人社会参与社交活动，从而谈婚论嫁，其意义已胜过结婚仪式。

参加"萨金"的少女们的打扮尤为特别，首先是发式头饰就不同平常。发式上头发在前额中分，左右各编三条小辫，其余头发再分成一百零五股编出一百零五根俏丽的小辫；然后将这一百零五根小辫合编成一根大辫，大辫上再穿上各种金、银头饰，盘绕在一个长约一尺二三的发簪上，这种发簪是成人礼上的标志性装饰，所以"萨金"意思是成年新装，当地人也称是"戴角角"；然后还要戴上一种用小珊瑚穿成的三厘米宽的发带，发带中间穿着一颗圆润的蜜蜡珠子。除了发型的复杂，每家还要倾尽家中值钱的珠宝首饰和最昂贵的服饰尽可能地把自己的女儿打扮得更加美丽动人，因为少女们的装束也标志着一个家庭的勤劳富有程度。

"萨金"仪式主要由两项活动组成：首先是大型的佛事活动。由寺庙喇嘛组成的蟒号队击鼓吹号，盘香和柏枝"煨桑"的烟雾袅袅升起，主持仪式的德高望重的长者为即将成人的女孩们诵经祈福，吟诵祝辞，感谢神灵将美好的女孩降生在自己的村寨中、女孩成人后要遵从妇道及处理好邻里关系……繁杂的程序过后，人们便开始围成圆圈跳锅庄，直至通宵达旦。在美人谷，一个没有经过"萨金"、没有跳过锅庄的姑娘是会被人笑话的。

我在"萨金"仪式热闹的场边遇见了一位满脸放光的嘉绒老妇人。闲聊中，她不无自豪地告诉我，她少女时就参加过"成人礼"，今天场子里就有她的孙女。那一阵子，和煦的阳光铺在她饱经风霜的脸上，浸润在脸上的笑意带着纯朴和美好的回忆。那一瞬间，连我也感动了。

据说，美人谷"萨金"仪式曾中止于"文革"，直至2003年州里大力发展旅游文化，第一届由政府出面举行的大型"嘉绒风情节"才正式恢复"选美"和"萨金"这些古老的民俗风情节目；三年一届的风情节至今已举办第三届了。尤其是"萨金"这样的古老民俗，已渐渐跳出了旧有的约束，其抢救民俗文化的外在表演形式已明显超乎于传统。

玉科草原随记

　　夏天是草原最美的季节，而道孚县玉科草原在这个季节里举办的赛马活动则久负盛名。受好友老扎相邀，欣喜自不消说，就连土生土长的康巴汉子老扎说到此行也异常兴奋。老扎每年都有机会到康巴高原各地草原赛马会去观光，可对玉科草原的这次赛马会却情有独钟，因为这次要去"采风"的赛马会是草原上极少见到的私人出资举办的盛会，其潜在的内涵就带有一种神秘感。

　　此前，我对于玉科草原的认识也曾是因为两个神秘的原因所致：

　　其一，关于玉科野人的传说。有人说野人体形高大，剽悍无比；有人看见过它棕红色的毛发；有人看见过它的粪便；还有人说某女人曾被野人掳去做过夫人；也有人听见过野人说话，那是一种奇特而又不如人语的语言。真的有野人吗？难说。有人说得活灵活现，而大多数人却是没有见过的。然而无风不起浪，或许真的有野人，就在玉科大草原某一处的森林里机警地生活着。

　　其二，2000年到2002年间，"玉科奇人"这四个字简直就是道孚县的代名词。这位奇人洛珠由于常年生活在森林和草原相间的玉科草原，他具有两样别人无法具有的功夫。一是奔跑、跳跃，常人的奔跑速度是跟不上他的。据说，在他独自一人的时候，速度加到一定程度，他的双手就要着地，奔跑的速度快得可以追上马。一道五六米宽的沟，他可以一跃而过。二是爬树。上树的速度极快，而且可以从一棵树跃向另一棵树。传奇之一：在草原上无事可做，就追野兔玩。把野兔追上，放掉，再追上，放掉，如此几个回合，野兔活活累死。传奇之二：他在大树下休息，树上一只调皮的猴子把一个杉树果砸在他的头上，他一发怒，上树追猴子。猴子往哪儿跳，他就往哪儿跳。最后捉住猴子，揉得猴子晕乎乎的再放掉。传奇之三：由于常常追赶越界（草原上各家的牧场是有界线的）的牲畜，他能发出牲畜的语言。牲畜在即将越界的时候，会听从他的语言赶快掉头回到自家的地盘上。天长日久，他在牲畜中树立了威信，无论再烈的马，在他手里也是乖乖的。当年，《四川日报》率先炒作，发表了关于"玉科奇人"洛珠的图片、文章，"玉科奇人"洛珠开始火爆。很快，其他媒体纷纷跟上，把一个普通的残疾人（他的双手，每只手只有四根指头，没有中指，整个手掌从中指的根部分叉，因此，他的手指显得修长。他的脚掌，向内拳曲，实际上像一个拳头一般。完完全全就是一个天生的残疾人）炒作得格外的了不得。那些媒体除了宣传"玉科奇人"洛珠神化的一面，也披露了他困难的家境。从此，采访他的人不计其数，寄钱寄物给他的人不计其数，甚至还有16位全国各地的美女向他求婚。16位姑娘中，只一位成都姑娘做得最绝。她在成都公开向媒体表示，她要嫁给洛珠。为了表示决心，她辞去公司的工作，只身前往玉科草原向洛珠求婚。那位姑娘拖着大包小包来到道孚县，入住道孚县政府招待所。许多人劝她，她不肯，第二天就到玉科去了。看到洛珠的样子，看到洛珠的家境，她后悔了。后来在玉科区上住了一个晚上就撤退了。此后，一切复归平常，"玉科奇人"不再是奇人。2005年，洛珠找了一位叫益西的姑娘结婚了，生了个胖胖的女儿。现在的洛珠平平常常地过着平常人的生活。

仅以上两点就足以让我对此行充满了向往。

玉科草原距道孚县城65千米，融蓝天、白云、雪山、林木、草原、溪流为一体，被誉为"康巴阿勒泰"。"玉科"一词藏语意为"玉石"。从道孚县城，驱车前往玉科草原，必须要翻越海拔近5000米的白日山，从马鞍形的白日山草甸观望，风景却出奇的好，远处的白云与人的视线齐平，放眼望去，众山皆在脚下，群山绿意渐浓，山峦起伏。白日山垭口下，七美乡境内，距公路一公里多的地方，就是有名的高山湖泊云祝措，据说云祝措中有碧绿色的玉珠，此地故名"玉科"。

半月后，我有幸再次来到白日山，鲜花盛开的草甸上牛马安详，山风拂过草岗，清爽秀美。于轻风中遥遥传来马铃声，一队山地骡马组成的运输驮队正沿草坡而来，每匹骡马的背上都驮着建筑材料，驮运向草原深处的高岗或是谷壑，原来这是草原上正在建立的输电铁塔……原始的交通运输方式和现代化的输电设施建设竟然联系到了一起，让人顿生感慨。我把这行驮队称作是康藏高原上"最后的驮队"，这是后话。

此行我们却没有在白日山停留。翻越山口，便是直达玉科草原的下山公路。公路上已是车流如梭。一问，皆是赶去参加"赛马会"的来客。

汽车翻过白日山垭口，开始一路下坡。公路豁然开朗，两边的草坡草坝上一片片野花已经开始争艳。头天晚上下过大雨，四野里空气清新，不时有毛茸茸的雪猪在草坡洞穴处探头，模样憨得可爱。写有"玉科自然保护区"的牌子竖立在一处路弯边，转过去玉科草原就到了。这是省级自然保护区，几十万亩森林和100多万亩草原上生活着雪豹、金钱豹、白唇鹿、藏羚羊等十多种国家高等级保护动物。这里也是纯牧区，幅员面积1846平方公里，辖甲宗、七美、维它、银恩四个乡，人口5000多。赛马就在迎客坝草场举行。

玉曲河正值雨季涨水季节，急湍的水流从宽大的草坡中间穿过。从草尖上、河床上升起的白雾如飘起的哈达，缓慢而轻柔地飘向天穹。沿河两岸，一边是土筑石垒的藏式房屋。如街的房前公路上上百辆汽车排列如长蛇。而对岸草坡上则是先前搭起的一座座牛毛大帐篷，也如街一样排列。帐篷门前、系帐篷的牛毛绳上都牵挂着一串串五颜六色的彩带，喜庆气氛四处洋溢。整个玉曲河两边俨然已如一处繁华的小镇。

我们来到赛马场上，那是长约两公里、宽约一公里的一处草坡，夹在半坡树林与"帐篷街"的中间。树林边沿的高台草坪、草坡上就是天然的看台了。

赛前的煨桑敬神仪式已在我们到达前就完成了，桑烟还在空中漫延，草坡上散落着众多的"龙达"。今天的赛马分为10个组进行，每组约十多匹赛马，然后再取每组前一、二、三名选手进行冠、亚、季军的角逐。参赛选手都是十来岁的少年，约有100多名。因为是个人出资为举办婚礼而邀请的，据说来自青海、阿坝以及州内新龙、道孚、色达等牧区的亲属也专程赶来玉科草原祝福并参与赛马角逐。遗憾的是因为雨季涨水路断，据说最好的赛马没能如期赶到，不然选手还会更多。赛马冠军奖品是一辆崭新的小车，第二名是摩托车，第三名是大彩电……分组初赛激烈的角逐后，有一个间歇时间。我和老扎趁此时间到"帐篷街"走了一通。看到来参加婚礼的男女老幼都如过节般穿得漂漂亮亮，浓郁的民族服饰在鲜花如海的草地上尤为引人注目。四个剽悍的草原小伙子要我为他们合张影。据他们自我介绍，我知道他们中一个是本地人，一位头戴红头穗的是新龙拉日玛草原人，一位是临县炉霍宗塔草原人，还有一位是来自青海牧区的，他们都是主人家的亲戚。老扎告诉我，草原盛会期间，也是青年男女求婚示爱的时机。注意观察，果真就有那一对对青年男女悄然隐于树丛下。老扎还告诉我，草原人最好客，远方的陌生来客不管走到哪一家的帐篷，热情的主人都会为你捧上醇香的酥油茶。我们也走进了两家帐篷，真的就成了"上宾"，酥油茶、青稞酒、坨坨肉都堆在面前，让人立马就有"宾至如归"的感觉……下午的赛马决赛一直进行到四点后才分出名次。最让人激动的是争得冠军的那匹雪青马成为了玉科草原上的英雄。穿着节日盛装的数百观众从"看台"上蜂拥而上，哈达在空中飘飞，雪青马的头额辔套缝隙处被牧民争先恐后地塞进了数不清的百元钞票。老扎感叹不已地说，他参加过无以计数的草原赛马会，这种狂热的场面却是第一次看到。原本这场婚礼就是一位走出玉科草原从事商场拼搏成功的小伙子回来娶了家乡的牧女。在距离内地经济发达地区千里之外的川西高山草原，这种不同寻常的场面原本就是现实中的传奇，它却是真实的。

　　傍晚，我们是怀着依依不舍的心情离开玉科草原的。更多的客人却要在草原上住三天。夜幕中回望玉科草原，草坡上空寂一片，欢乐都涌进了那一座座牛毛大帐篷里，今晚，注定是一个欢歌笑语的不眠之夜……

　　两个月后，据网络传媒透露：2015年元月，草原姑娘拥金卓玛将带着她最新的原创歌曲作品《美丽的玉科草原》和《相伴今生》走进央视网《音乐之家专区》举办的第三届"2015年新春原创音乐晚会"。川西高原上的玉科草原将会被更多的外界人士所熟知。

茶马古道雅江行

1

站在雅江卧龙寺河与雅砻江交汇处的高坡上，俯瞰眼下的山川，回想昔日的牛皮船渡和刻于"平西桥"头的"雅龙势欲奔，临流蹀天险"的题诗，谁都会为这里的交通嗟叹不已。

雅江古称"中渡"，宣统三年始建河口县。藏语"亚曲喀"，即"河口"之意。民国三年改河口县为雅江县，因其地域在雅砻江两岸而得名。据县志记载：清康熙五十八年，副将岳钟琪率军西征，在雅砻江边置渡口，是为中渡。中渡河口，系通西藏要隘。自后，中渡有雅安招来的水手20名管理摆渡过河之事。清朝末年，赵尔丰平定康藏，实行改土归流，始行架桥。历经艰险，于民国二年吊桥竣工，尹昌衡率兵西征，名此吊桥为"平西桥"，并亲撰对联于桥塔：劈开两岸奇峰，凭他飞起；锁定一江秋水，迓我归来。此处天险可见一斑。旧时老公路凿通山体的隧洞，据说是当年英国人开凿的，是为马帮修整和茶叶囤聚仓库。足以看出旧时雅江实乃川西茶马古道经由重地。茶马古道风姿犹存，它从遥远的地方起始，又消失在群山尽头，犹如历史的磁带，刻录着中国古代乃至近代商旅史上漫长而曾经辉煌过的岁月。来自广东的旅游者撰文道：你若行进在雅江境内的川藏线上，不时还能看见昔日马帮驮队在崇山峻岭间踩出的羊肠小道，若即若离地依傍在现代的318国道旁，幽幽寂寂地述说着过往风餐露宿的沧桑故事。

沿川藏线西进，车在剪子湾山道跋涉不长时间，就见到一处碉楼林立的村寨，这就是旧时茶马古道上由康定至理塘10个驿站中的第6站麻格宗。麻格宗意为"妈妈村"。据说当年的马帮到了这里就有一位好心的老妈妈告诫赶马人，千万不要在相隔数里远的香格宗过夜，香格宗意为"有狼出没的村子"。几年前尚有一位外国老妪专程前来麻格宗住了几日，据说这位外国老妪当年就在茶马古道上走过，怀旧的情怀让这位外籍老妪感叹不已。

在县上熟知历史的好友介绍下，我们眼前出现了当年马帮队伍豪迈行进的画面：从麻格宗出发的马帮队伍首尾不能相视。上千的驮马在剽悍的驮脚娃应山应水的吆喝声中，于山峦间蜿蜒而行。头骡已在山口隐去了身影，后续的驮队还刚离开麻格宗地界。浩浩荡荡的驮队足以证实主人的实力，尤以邦达昌武装护卫的驮队引人注目。据说当年在茶马古道上也曾发生争路的打斗事，双方驮队到了拉萨请噶厦政府评判，方知都是一个主子的驮队，可见当年驮队主人何等有势力。

西俄洛乡是当年茶马古道必经之地。区公所驻地甲翁村意为汉人来过的地方。据说当年随马帮来的还有川剧演员，在此演过川剧。可见旧时茶马古道确乎可与丝绸之路媲美，它也曾把民族文化乃至东西方文化传播和交融，其潜在的影响于历史的风云中时隐时浮，不可磨灭。

时值正午，我们的车停在西俄洛。四周静悄悄的，没有马嘶牛哞。藏式石砌碉楼在蓝天白云的衬映下庄严而肃穆，流经村中的小河无声无息地翻着粼粼细波。遥望身前身后那绿荫参天的山脊上，如陈旧的飘带般的茶马古道在艳阳下悄无声息地躺着。山风徐徐吹拂，洗耳静听，似乎能听到风声中有阵阵悦耳动听的驼铃声从历史的深处远远而来。

2

这个老藏民饱经风霜的脸上带着憨厚长者的微笑，最令人瞩目的是他脖子下挂着的一串金色的佛珠。他是在剪子湾山的牛西卡路口搭上我们的"三菱"越野车。没想到的是他竟然是我们即将前往的与西俄洛相隔不远的郭萨寺的活佛。

郭萨寺原为西藏萨迦寺指派的仲秋·贡嘎吉村喇嘛赴北京朝拜皇帝归来，于元至正（1358年）修建的，取名呷登·桑昂取果林。在十六世纪，直拖沙喇嘛活佛继承和发展了教务，并将寺庙进行了扩建，名声大振，被视为有卓越贡献的活佛。明崇祯十二年（1639年）固始汗带蒙古军在多康地区推行黄教，呷登·桑昂取果林改为郭萨寺，改信奉花教为信奉黄教，成为理塘寺的俄洛孔村小庙。清光绪十年（1884年）由理塘寺郭绒活佛住持，对郭萨寺进行改建，新修的寺庙正殿两层共80根柱头，还有小扎康62间，名声大振。熟知藏传佛教文化的当地好友讲起郭萨寺的来历，让我们知道了一般史书上无记载的郭萨寺的来历。剪子湾山口原意是羊子歇气的地方。护法神当京（其实就是当京多吉列巴，康定的郭达将军）就是骑羊的。别的佛都是来世佛，而当京却是现世佛，他是一个性格急躁的神。在护法佛主入西藏的路途上，当京逢山开道，遇水推船，不知辛苦。到了剪子湾山口歇气时，佛主表扬了众多护法神的功劳，却忘了表扬当京。当京心怀不满，在心里暗暗说，那我就不再护送佛主进藏了。佛主洞察此情，便对他说，你现在是去不了拉萨了，看你一路辛苦，就在此地建寺一座，以受人供奉。这个故事却与同车的郭萨寺现活佛有不谋而合之处，原来，坐在我们身边的活佛出身于铁匠世家，而护法神当京多吉列巴也正是铁匠出身，在康定人中可以说是没人不知晓郭达将军造箭的传说。当我把"铁匠"的联想告诉郭萨寺活佛时，他只是厚道地一笑道：那是你们文化人的想法。

车到西俄洛，活佛下车远行了。在正午的阳光下，静悄悄的村寨和山野、流水都呈现出空灵的神秘感。万籁无声，唯有村头的一排佛塔在静谧中显出肃穆和庄严。微风吹拂着佛塔周围的经幡，犹如天际飘拂的彩虹。

佛塔下，村里的藏民都在转佛塔，其中多是老妇和女人。听不到一丝嘈杂声，只有老人们手中的经筒在旋转。一问，方知村里人这三天都要转佛塔，原因是此时节正是采松茸的季节。而这几天山林里的松茸都还小，所以要等松茸长大了才又上山林去采。于此时又听同行友人讲，从这里一直到古亚神山大阪后面的德差乡，那是一片既美丽而又传奇的自然生态的处女地。那里的藏民老乡在二十世纪七十年代就自觉地禁猎了。当时有一个德高望重的活佛告诫他们：人与动物是平等的，而人是不应该随意屠杀那些动物的。以后，保护野生动物成了德差藏民自觉的行为。据说至今那里的生态保护是最好的，即使是在白天，你骑马行进在那些花海般的河谷草坝上，随处都能看到活蹦乱跳的獐子、憨态可掬的黑熊、啼声不绝的藏马鸡等珍稀动物。佛塔下的藏民，不仅仅是对藏传佛教的信仰，其中还包含着对大自然的热爱和感悟。

3

从西俄洛开始爬山，蜿蜒的山间小道时而隐入林荫中，时而浴于骄阳下。同行的除了我们同车的四人外，还有昨晚听说雅江有个鲜花盛开的郭岗顶，而执意要同往的来自深圳的三个游客，其中有两个都是退休多年的老干部了，却开着自己性能极好的"三菱王"越野车兴致颇高地一路跟来。尽管爬山对于我们都不轻松，但对大自然美景的向往却让我们都忘记了爬山的辛苦。好不容易快到顶了，却是听到一阵欢快的铃声一路追上山来。来者是一个十来岁的藏民小孩丁真达娃，随后又来了他的二哥次尼绒布，两兄弟三匹马，其中一匹是黑色的三岁小马驹，还不能供人乘骑。

郭岗顶是一个鲜花盛开的高山冬季牧场，这个时节，除了那静悄悄的两处低矮木屋围栏的空寂敞院外，草甸上无牛羊走动，只有几匹马在花丛间悠然遛步，丁真达娃两兄弟和他们的三匹马无疑也融入了大自然的最美风景中。

郭岗顶是因为开满了一种名叫郭岗的黄色小花而得名。其实漫山遍野的高山草甸上，除了那种黄色的小花，还有十几种各色各样的鲜花交织在一起，构成了郭岗顶艳丽无比的美景。遥望四周，群山秀美，环绕着圣洁祥瑞的郭岗顶，犹如顶礼膜拜的信徒。那些环绕的山头又如一瓣瓣莲花，将郭岗顶供奉在中心。而在郭岗顶8000亩广阔的花海草甸上，轻风晃荡着两泓湖水，一名太阳湖，一名月亮湖，它们恰如少女纯情的眼睛，深切地遥望着蓝天白云，将奔放的热情毫无保留地展开在群山间。郭岗顶周围引人注目的废墟隐含着历史的沧桑。那一座座黑石垒成的古建筑遗址，引人思忖，发人深省；那些残垣断壁中千年不倒的古柏巨树，不仅仅珍藏着无尽的谜团，也让人想到人间千万年来生生不息的风雨。

在一处残垣间，一棵三人也不能围抱的枯树高高挺立在废墟中，让人禁不住肃然起敬。据说这棵饱经风霜的枯树在当地80多岁的老人记忆中就这样挺立着，对于生命的认识不是更有启迪的意蕴吗?

来自深圳的祝姓父子乐不可支地用手中的数码相机不停地拍照。老爷子是铁道兵下来的,曾当过记者,退休已10年了,几乎走遍了祖国的名山大川。而面对康藏草原上的郭岗顶8000亩花海草甸,仍不住地赞叹:太美了!另一位王姓退休干部,尽管因为身体高大而在爬山时吃了不少苦,此时却乐哈哈地信马由缰,陶醉于花海草浪的美景中。

众人围坐一起,分食了深圳游客从几百里外的海螺沟带来的一个大西瓜,禁不住同声唏嘘:西瓜都上了郭岗顶,真的是让人永生难忘了。而老王则说得更绝:这瓜说不准还是从俺们老家山东运来的呢!

说笑间,不禁又朝西边森林环绕的"中国地图"那片草坝望去,真的就那么神似。旅途相遇的人,有缘在康藏高原一隅的郭岗顶上相聚,真的让人难以忘怀。

从郭岗顶返回,我的脑海里一直长久地起伏着花海的波浪,以及山风中阵阵清脆悦耳的马铃声……

香巴拉乡城——记行

　　县情概况摘要：乡城是一个以藏族为主体的少数民族聚居县，藏族人民世世代代在这块土地上生息繁衍。在历史长河中，乡城藏族人民与康巴高原上其他地区的藏族人民一道共同创造了底蕴深厚、包容兼蓄、多姿多彩的康巴文化。1252年，蒙古族以兀良合台为先锋的西路大军征服云南南诏途经乡城时，留驻部分兵马，少数人员在乡城安家落户，与当地藏族融合。1554年至1640年，云南丽江木氏土司征服康南后，将纳西族人从丽江、鹤庆等地移至乡城，并在乡城兴修水利，建造房屋，开垦种植。同时，乡城还是古代康巴高原腹地与云南物资运输的重要交通通道，"茶马古道"就贯通乡城全境。在历史上频繁的民族迁徙和民族接触中，乡城藏族与蒙古族、纳西族、汉族融合。因此，多种文化在这里相互碰撞、相互交流、相互吸纳融合，使乡城文化在具有康巴文化共性的基础上，形成了具有多元性、历史性、鲜明性的特征。

又一次康巴南路行起程

车出康定南郊已是早上八点半过了。今日行程近500公里，原在心里打算车至雅江时一定得拍摄一张雅江大桥前那个独具特色的穿山公路隧洞，因曾经了解到此穿山洞乃是外国人旧时所掘，原是茶马古道上堆放茶包的"库房"，与当年牛皮船运载茶包的雅江渡口正好相连。无奈行程匆忙，只好一路兼程，不敢再请司机停留。

车过摄影天堂新都桥镇后于东俄洛左拐弯驶入康南国道318线，车行高尔寺山，思绪便在汽车的颠簸中活跃起来。昨日趁闲暇之际参阅有关香格里拉旅游大环线的资料。其实原本就生长于川滇藏大三角区内，每年的康巴高原行旅已是不足为奇的事了。半个多月前，就曾两次西出炉关，一为参加四川省作协组织的长征采风活动，二是陪"中国名作家康定情歌行"的全国著名作家高原采风，两次均走的川西黄金旅游环线，从成都出发经海螺沟、泸定、康定、八美至丹巴、小金、四姑娘山、卧龙大熊猫保护基地返成都。两次都与康南擦肩而过，其实每每车过东俄洛都禁不住对康南的怀想，因为康南的山山水水与我是别有一番情结。算时间，最近一次的康南行也该是三年前的事了，是应邀参加康南最远的得荣太阳谷笔会。那次七天的笔会返康定不久出版了我的个人旅游专著《中国西部太阳谷》，虽是匆忙之作，诸多不尽如人意之处，但毕竟是在多年来三次去得荣县后终于有了图报的表示，于心境也是挺能自我慰藉的事。

此番乡城行，心绪竟如脱兔般动荡不宁，有一种久违了的倾诉之情似要冲出胸腔，我知道那就是乡城于我久存于心底的情结发生的碰撞，那是一种萦绕不去的心结。

自然就有了对往事的回忆。

能忆起的大约有两次是在乡城"久住"过几天时间的。第一次是二十世纪八十年代，因出差得荣县曾在此滞留四天。那时候，乡得公路刚修通不久，班车几天才轮到一次，要在此等车去得荣县。记忆最深的就是乡得公路通车典礼上原本作为礼品发送的能折叠的小型台灯，因政府禁令停发，而在此出售，价格挺便宜，且台灯又小巧玲珑，便买了八盏作为回康后送几位文朋好友的小小礼物。那时候，我们这帮文学青年还是有很多机会外出参加笔会的，电脑又没听说过，带上一盏小小的折叠台灯不是既方便了笔会期间的写作活动，又能时髦一下吗？于是乡城便在心底留下了最初的好印象。第二次来乡城是九十年代初，专程赴此地采访乡城养路段，时间是当年的农历五月，在此地与一帮刚结识的养路段工人过了一次单身汉的集体端午节，于后几天时间采访了无名山、桑堆、吉乙等几个道班，写就了报告文学《雪线卫士》，印象最深的当然就有如水墨国画般的"马熊沟"奇险峻秀、无名山当年雪灾断道近半月的雪海苍茫等画面。当然是不只这两次了，还有路过此地的，经数次与乡城的相偎，我的写作中便留下了一些与此有关的文字，在《四川日报》《西藏日报》《甘孜报》《贡嘎山》等报刊发表。尽管如此，多年来，总想还能写下一些与乡城有关的文字，却又总觉得缺失了些什么内涵，原来我对乡城还只是一知半解呀。

今日行程中，从晨起的太阳到彩虹飞起的云山，至傍晚，西山透亮的晚霞把千姿万态的白云镶上层层金边，而正在走向中秋的一弯待盈月亮已悬于天际，沿途风光自不待说。这一刻，遥望迷蒙中时隐时现于田垄绿荫中的乡寨民居"白藏房"，越来越近的乡城县灯火闪烁的夜景映入公路外侧的硕曲河涌动的波流中，心绪为之一振。这不又一次真的到了这方人杰地灵的土地上了吗！仅我所知，这方土地上就诞生了数位能指名道姓的高僧大德、文坛人物、民间艺人。真的就生发出了能沾点这方土地灵性的心愿了。

乡城，原本以为这名字与"城乡"二字有关，竟还在心底暗自好意地想改为"香城",这里不是正在热力打造"香巴拉旅游文化"吗?况且,乡城的苹果早已声名远播,果香沁人,"香城"不是更胜"乡城"吗?却不知我是愚蠢至极。乡城原本是藏语"卡称"音译,意为手上的佛珠。如果是喻为"香格里拉旅游大环线"上的一颗明珠当是最为贴切的了。

明日始,我自会见识它的壮美和探寻它深蕴的文化内涵。

走近"佛珠",必能拨开久存于心的迷雾……

桑披岭寺感怀

摘要:其实每个寺庙之于旅行者,真正的宗教意味已经不是关键。桑披岭寺更让人感到的是藏族民间工艺所呈现出的五彩缤纷的超世精品,无论是绘画、雕塑、建筑,都让人从内心里感到敬慕和折服。

这个早晨天气特别好,打早起床就看到所住"巴姆山大酒店"对面的青布日神山与天交汇处霞光飞涌,烧红了山边至天庭的层层云团。只一会儿工夫,太阳跃出了云海,那团团簇簇云朵都镀上了耀眼的金边,看县城西南方那片台地上,金碧辉煌的桑披岭寺在晨曦中呈现出一派庄严而神圣的气象,与遍布于绿树沃土上的座座白色藏房相互映衬,将康南高原小城的恬静、安详无遮无拦地展示于天光云霞下,令人神清气爽。

今日上午的安排即是考察新老桑披岭寺和尼斯乡色尔宫古碉。

我们先去了离县城两公里远的近年迁建的新桑披岭寺。

到乡城必然要到桑披岭寺,这和游人到了北京必然会去长城一样。因为桑披岭寺是一座具有近400年历史的黄教寺庙,素有"祥地宝寺"之称。并被列为"乡城·香巴拉三绝"之一。此藏传佛教寺院名居康藏地区新兴寺院之巅，它将民间建筑、雕塑、绘画等高超技艺汇集一身，被尊为"民间艺术博物馆"。其实在考察中不用悉心记录，县里所发给每个参会者的资料已是很详尽了，一张印有汉、藏、英三种文字的门票上就非常精到地介绍了该寺的情况：桑披岭寺全称噶丹桑披罗布岭寺（"噶丹"表示传承格鲁派祖师宗喀巴首建之西藏噶丹寺的名系，也证明桑披岭寺与拉萨噶丹寺的历史渊源。"桑披"意为遂心如意、兴旺发达，"罗布"则是宝贝、神物等意思，"岭"即寺庙，全意为"遂心如意、兴旺发达的宝寺"）。于清康熙八年（1669年）在五世达赖昂旺洛桑嘉措的倡导和支持下将硕曲河流域不同教派的113座寺庙纳入该寺，并形成统一教派——格鲁派，属藏传佛教格鲁派在康巴地区兴建的13座寺庙之一。后来，随着赤江活佛、纳瓜活佛等在藏传佛教界和信教群众中的影响，特别是1811年，寺庙住持赤江活佛在拉萨甘丹寺登上"格鲁派教主"宝座，并成为第九世达赖的经师，使该寺声名远播，名闻遐迩。1936年，红军长征途经乡城，寺庙僧侣给予了大力支持。为此，红军首长萧克、王震等给寺庙赠送了写有"扶助番族、独立解放"字样的锦匾，书写了一段军民、藏汉结谊的史话。1986年，十世班禅亲临寺庙对其修缮做出了具体指示，使这座藏传佛教的文化宝藏得以重现光环。1995年，寺庙迁址新建——同荣宫，并于2002年建成开光。

县旅游局副局长热龚东灯堪称是藏传佛教寺院的最佳导游解说。在他绘声绘色的讲解中，我们领略到了"佛殿圣旅"所包含的博大精深的内涵。

在我的记录本里记下了如下文字：

其一（进大殿左侧墙上画有大幅该寺护法神像，神情栩栩如生），在巴姆山下很少有人讲述格萨尔故事的，原因是格萨尔王曾经与该寺护法神打赌比赛摔跤，护法神被格萨尔王摔倒了，格萨尔王将护法神的一只耳朵割了，所以在此地讲格萨尔王的故事，护法神会生气的。这个故事虽然有点让人发笑，但康巴藏民族崇尚英雄的心理也能窥见一斑。其二，大殿南墙上绘有密宗欢喜佛画像，可以想见这个寺庙与其他藏传佛教寺院不同之处，我在其他藏传佛教寺院大殿里是从没看到过欢喜佛出现在大庭广众，一般都深藏于密宗室内，因为欢喜佛双身修炼的造像很容易让不懂藏传佛教精深内涵的人误思歧义。以此可以说明这个寺院的开明意识。其三，大殿正东左侧的佛龛中塑有一座工艺精湛的檀香佛，其左右为白、绿两度母。据称，此佛乃用白檀香粉末与名贵珠宝碾粉合用作原料，其工艺超过北京雍和宫的檀香佛。整个寺内共塑有四尊檀香佛：千手千眼观世音菩萨、白伞佛母、赤江活佛、本寺护法神"事业王"；塑檀香佛的大师是本地人，现在法国巡讲雕塑艺术。其四，紧傍檀香佛右侧的神龛展示的是别具特色的酥油花。此处的酥油花色泽鲜丽，据称已是珍藏了五年的工艺品，其制作工艺也是独具一格，乃是广采自然界鲜花泡水提炼出有色水与酥油做成。其五，大殿正东是赤江活佛法座，其法座精雕细镂，金光四溢，上面汇聚了藏传佛教所有吉祥丝纹图案，其他在世法座都无法与此相比，曾有人开价300万元欲购该法座而不成。其实这个法座也是由本地人，桑披岭寺的首席雕塑师所雕制，该艺技超群的雕塑师惜于两年前因车祸离世，年仅33岁。其六，该寺珍藏有700年大藏经书一套，此书集天文、星象、物理等于一体，堪称藏民族的百科全书，可谓价值连城之珍品。其七，大殿右侧的墙上绘有一幅有别于其他唐卡的壁画，乃是画的赤江活佛。该佛像唐卡有别于一般唐卡的特色在于此画像上人物具有立体感，肌纹鲜活生动，特别是画面上的赤江活佛的双眼栩栩如生，无论观者从哪一个方向观看，那画上的活佛双眼都盯着你，让人顿生敬意。而描画此幅唐卡佛像的画师赞僧当时年仅20岁，拿时髦的话说，年轻画师当时是"毛遂自荐"要作此画的；令人称奇的是他从没学过绘画，连他母亲也不知道儿子会画唐卡。主事人经不住他的软缠硬磨，只好答应让他试试。当赞僧的初稿出现在大殿墙上时，真的让所有人都感到了吃惊，一年后，这幅杰出的唐卡佛像完工了，震惊了世人，年轻画师赞僧却在21岁时悄然逝世。人们都说赞僧是上天派下来专门绘制这幅神奇唐卡的画神……

从桑披岭寺出来，我就有一种从当初的扑朔迷离中走出的感觉，这当然得益于热龚东灯局长深入浅出的讲解。那一刻，我就记起了《一个人的西藏》这篇文章中所说的：其实每个寺庙之于旅行者，真正的宗教意味已经不是关键。桑披岭寺更让人感到的是藏族民间工艺所呈现出的五彩缤纷的超世精品，无论是绘画、雕塑、建筑，都让人从内心里感到敬慕和折服。

随即我们就去了县城紧邻的老桑披岭寺。旧时显赫康南的名寺因年久失修，加之新寺已迁，自然就生了陈旧颓废的景状。其实透过它褐色的土墙，仍然雄踞县城一隅的古老木质门楼、正殿上方传统的九宫木格窗棂，无一不显示出它的神圣和隐蕴的沧桑岁月。近代历史上赵尔丰的土炮洋枪也曾奈何不了它厚重坚固的土墙，即或是后来切断水源而攻克，边地藏民族的浩然气节也令历史的长风赞叹不已。自然也忘不了民主改革时期，中共乡城工委在叛匪的围攻下，于桑披岭寺内坚持战斗15天的硝烟岁月。尽管如今人们不愿多谈那段历史，但时间的隧道里永远铭刻着那些难忘的人和事。因为笔者就曾采写过那段硝烟弥漫的战斗，至今也无法忘记当事人那朴质而动情的讲述，其实那段历史也深蕴着民族团结的友谊，当然也体现了民族地区所经历过的历史足迹。现代人追寻历史，寻找哪怕是残垣断壁，都是为了能触摸历史的印痕，不管现代人的进程如何先进和快捷，割断历史的进程是不存在的，或多或少，现实中也隐含着岁月的印迹，而这种岁月沧桑中凝聚的经验才是最值得珍视的。

趁时间还早，我们按活动安排又驱车去了尼斯乡，参观色尔宫古碉。这是一座距今300多年历史的古碉，全用黏土夯筑而成，高约20米，四角形，褐色的土墙厚重苍老，日月风雨的剥蚀让它浑身上下都遍布伤痕和裂缝，但它仍顽强地挺立在蓝天白云下，矗立于田畴林荫中，迎风雨，望霜雪，让历史的雄姿走过了岁月的风风雨雨。据介绍，乡城的古碉主要分布在尼斯、桑披等镇，是在云南丽江木氏土司占领乡城期间由纳西人修筑的。碉楼的底部墙厚约2米，底层高约2米的门朝南或朝东。这样的古碉在乡城虽没群落存在，但单独矗立于乡村间的也时有所见。历史的遗存建筑，让人遐思也让人寻味，它所包容的文化内涵也吸引今人竭力想去破析，也是历史的穿透力让今人着迷而不能自拔之处。尊重历史，这是无可非议的，让人们在历史中寻求到前行的支撑，这就是以史为镜的境界。

以古碉为背景的留影几乎成了今日早上的一道风景。谁也不难想到，当自己作为现代人与这历史风雨斑驳的古碉站在一起，它所昭示的就不仅仅是时髦的意象，而是隐匿着一条必不可少的历史链条，它连接着人类的前辈和今日个体的你，其意尽在不言中了。

夕阳下的"天村"

摘要：拉岗村拥有全乡城较为少见的石砌碉房，且地势较高（海拔3810米），原始风貌保存完好，完全是大自然的造物，有"天村"之誉；半隐于林间的小寺庙那岗寺，系乡城桑披岭寺前身，

下午的行程是前往"巴姆七湖"第一站拉岗村采风。

乡城"三绝"之一是指民居白藏房，并把那一座座散落于绿荫田园间的白藏房称为"白珍珠"。白藏房属土木结构，墙体均为普通泥土通过夯筑而成，每年传召节前一月左右，用一种特有的白色黏土稀释后浇筑在整个墙面，不仅使墙体美观、防雨，更主要是祈求吉祥、幸福，传说每浇筑一次就相当于点上一千盏酥油灯、诵一千道平安经，这已经成为乡城民俗一道亮丽的风景，尽管人们用信仰来注释日常生活中的必不可少的劳作，但其适者生存的经验却是在长期的生存岁月中形成的。而今天要去的拉岗村却是别有一番风景。行前便参阅了资料：（拉岗村）拥有全乡城较为少见的石砌碉房，且地势较高（海拔3810米），原始风貌保存完好，完全是大自然的造物，有"天村"之誉；半隐于林间的小寺庙那岗寺，系乡城桑披岭寺前身，追根溯源，其历史应在500年以上；村中两座老石屋，建筑工艺和风格均与各地相异，是茶马古道文明的一个历史见证。

车至拉岗村山脚的"巴姆七湖"景区入口处，再往前行就只能靠骡马代步了。山径一侧的沟谷中浓荫遮天蔽日，潮润而令人欲醉的森林气息扑面而来，从峡谷里冲泻而来的山溪发出轰隆隆

的声响，一下就让人产生了远离闹市的感觉，心境也如山谷幽静的清风一般爽快起来。

牵着骡马的山村人已在岔路口的小桥附近等待。过山骡子和山地马各占一半，可能平时以驮运为主，这些骡马的鞍垫多是木质驮鞍，自然与大草原上纯粹代步的骑马相去甚远，但山地骡马的特殊作用也是草原骑马无法相比的，那就是攀山越岭的坚忍性和耐力。

三年前，我去得荣县下拥景区就骑的是一头名叫"明珠"的褐色骡子，领教了过山骡子在山地行走的优越性，"上山骡子下山马"这话有一定道理，今日里我又与一头全身灰黑的骡子结上了缘。黑骡的主人是拉岗村的中年汉子，他还牵来了另一头黄白的山地马，马交给了州旅游局副局长格绒追美骑。追美局长是当地人，自然不用人牵马，那个中年山里汉子就专门为我牵了黑骡。据介绍，从路口到拉岗村的山路有7公里，路不远，但却是十分陡直。因为有三年前骑骡的经历，这次再行山道，我也没那么惊慌了，信马由缰地穿行于山林间，还不时伸出一只手举起数码相机拍一张自认为满意的照片。

我是在距离拉岗村咫尺之间的一方草坪上心情为之激动的。为了等后面的人，我们在这个草坪上下了马，任由骡马在草坪上悠闲吃草小憩，而在相距几百米的山梁上，在那与蓝天白云相交处，夕阳正浓，几座矗立于山梁的石垒碉楼在天光云影的映衬下让人耳目一新，它给人的第一印象就是倔强和坚忍，是顶风沐雪的硬汉，更是一道天穹下亮丽的人文风景画。剩下的路再也顾不上骑马了，我们便在好奇心的追寻中走上了山梁，走进了"天村"的石垒碉楼。这一刻，一个令我无法解释的感觉固执地钻进了头脑，眼前的拉岗村太像我30多年前下乡当知青的那个山堡了，无论是粗粝的石墙、土质的院落，还是碉楼顶上的晒台，甚至于这个季节晾晒于楼顶墙沿青石板上的圆根菜叶，都似曾相识。当然拉岗村绝不是我当过知青的那个山堡，那个山堡在康巴东线的大渡河沿岸高山上，而这里却是地处香格里拉旅游大环线的中心连接地带，位于"三江地区"的金沙江东岸和沙鲁里山南端。几近相似的石垒碉楼让人疑窦顿生。

曾经在康巴地区经年考证的历史地理学家任乃强先生介绍康巴人建房：西康建筑房舍，虽楼高七级，广厦千间，木匠无须如何设计，但自上而下，一间一间依次垒砌之，随意增减，并无限制，恰如稚儿为积木戏然。对垒石之技，任老先生更是称赞有加：高数丈，厚数尺之碉墙，皆用乱石砌成，大小方圆，并无定式，有专门砌墙之人，不用斧凿锤钻，但凭双手，随意砌叠，大小长短，各得其宜，其缝隙用土泥调水填糊，太空处支以小石，不引绳墨，能使圆如规，方如矩，直如矢，垂直地表，不稍倾畸……拉岗村碉楼大抵如此所说。但对于我当知青的大渡河流域和这里仍可说是河流方向与气温带垂直或相交，应属文化的分化易而同化难。两地石垒碉楼的大同小异是否又与茶马古道文化的传播相关呢？短短时间里是无法让人往深层里思考论证的。但"重返山堡"那种亲切感却是挥之不去了，我甚至在那一处处古老的或新砌不久的石碉楼前竭力寻找曾经熟悉的山堡影子。

楼顶晒台墙头青石板上晾晒的圆根叶子真的是有特色的一景。在我来乡城前夕，正好为成都附近的黄龙溪写过一篇文章，名为《黄龙镇寻觅幽古情》，其中一章是"诸葛菜的传闻"：州（今凉山州西昌市）界缘山野间，有菜，大叶而粗茎，其根若大萝卜。土人蒸煮其根叶而食之，可以疗饥，名之为"诸葛菜"，云武侯南征用此菜籽莳于山中，以济军食，亦犹广都县山栎林谓之诸葛木也。唐人的《刘宾客嘉话录》中原文照抄了云南记的这则记载，所不同的是对"诸葛菜"有更深一步的说明："诸葛所生，令兵士独种蔓菁者，取其出甲者生嚼，一也；菜舒可煮食，二也；久居随以滋长，三也；弃去不惜，四也；回则易寻而采之，五也；冬有根可食，六也。比诸蔬属，其利不亦溥乎？三蜀之人，今呼蔓菁为诸葛菜，江陵亦然。"芜菁（蔓菁、圆根），十字花科、芥属。芜菁耐低温力强。种子在2～3℃即可发芽，幼苗能耐到零下2℃，生长适温为15～18℃。所以主要分布在川西高山、高原和深谷地区的凉山、阿坝和甘孜3个自治州。这些地区冬季气温低、无霜期较短，栽培其他蔬菜较困难，而栽培芜菁产量高、品质好。因此成为当地冬、春季的主要蔬菜。根可以贮藏到春末夏初，叶茎晒干或腌制后可周年食用。按书中的说法，直至唐朝，"三蜀之人，今呼蔓菁为诸葛菜，江陵亦然"。栽种遍于四川，远及湖北。就不像今天，缩小在凉山、阿坝、甘孜等三州的范围。"诸葛菜"之名渐被人们淡忘。

同伴皆知此圆根叶泡制酸菜乃山味一绝，再看山地里生长过包谷的陈迹，便知道这里与千里外的大渡河流域在气温、土质等农事条件上的相同之处，生活习性自然有其相似之处，这该不属于文化的同化而是生存条件类似的接近了。

同伴小申还在山地边捡到一根刺猪身上黑白相间的骨刺，因年轻时我曾当过业余狩猎人，认识它，便索要了想带回家做一支古风味十足的蘸水笔。以此也说明了这个山区野生动物极多。据介绍属国家一级保护动物就有白唇鹿、林麝、云豹等；二级重点保护动物有狼、黑熊、棕熊等。

至于拉岗村石垒碉楼的修筑，我很快便发现了它与现代文明所产生的无法回避的联系。老式的石垒碉房在这个村子里不少，多是乱石不规则的选料修筑，更显出它的沧桑和原始文化感。而稍华丽的却是选料精到且墙角方石层叠，很有些工艺水准了。再于村后山道边采石场上看到人工打凿的如大橡般四棱笔直的花岗岩砌房石料，无疑已打破了旧时任乃强老先生的断论"皆用乱石砌成"。这当是山地人生存方式的进步还是工业化令文化人失望的侵蚀，真还有说不清的困惑存于心间。这就必然涉及另一个有关"大香格里拉"开发的方向问题，其主旨即在于：大香格里拉地区旅游资源的珍贵，正在于其自然环境较少受到人为破坏，而传统文化得以较好地保存。

在拉岗村村长良所家的碉楼里吃了一顿城乡结合的晚餐，酥油茶、连麸面火烧子馍、山地苹果是本地物品，而县旅游局也从县城里带来了肉包子、凉卤菜等。在这高山村寨里喝开了"江津"老白干，却是那么有味，正是山高寒流，只有高度酒能最好地驱寒，且其味也好似香气更浓了，更佐以即兴的表演，山歌、民歌、现代歌回响于碉楼内，与村民们同乐，其情令人难忘。席间，也听了良所村长讲起拉岗村的来历。"拉岗"即为藏语"黑森林中的寺庙"，村名就缘于村头冷杉林与青冈林过渡的林间草地上，系今日桑披岭寺的前身。

晚上，由主人安置与同伴十人同宿于村里一处古老碉房的经堂内，据说这个古老碉楼也是名声在外的，那宽大的经堂还摆放着赤江活佛的挂像和其他未曾打听的菩萨塑像。在康巴藏区民居中多设有经堂，其间雕梁画栋神像肃立，酥油灯长明，檀香袅袅飘浮，这本是人神共有的空间，藏区全民信教的一个缩影，人们在长年累月的顶礼膜拜中幻为了一种深深的情结。今夜，我们一溜儿通铺就在佛龛下，"与佛同眠"真的有受宠若惊之感，夜里便自然梦到这里曾经的寺庙香火旺盛，诵经声声……

山林、湖泊、黑骡情

摘要：大自然的造化真正是鬼斧神工，就在这个香格里拉环线的景区内，自然界所显示出的山山水水仅仅用人为的比拟是说服不了谁的，藏传佛教所具有的某些含意那么巧妙地呈现蓝天白云下，不能不让人感受到一股无处不在的神奇力量于无声处震撼人心。

拉岗村的清晨令人沉醉不已。沁人肺腑的空气中浸漫了森林的气息。一场不期而至的晨雨濡湿了山村、坡地、石碉房，似乎双手伸出也能捧起一把湿漉漉的清新空气。小村隐隐约约沉浮在"云山雾海"中，而人如身处仙山秘境，一时间竟有飘飘欲仙的感觉。

横断山气候多变，昨日这里还是骄阳如炽，霞光满天，只一夜间便雨霭弥漫，这雨显然是昨夜还在睡梦中就开始降临了，原本计划今日晨七点就该上路去这次笔会的重点考察景区"巴姆七湖"，晨雨的挽留，让我们不得不拖延了出发的时间。

雨是无声无形的，犹如雨水就浸润在空气中。只有你伸出手才能感到掌中淌留下的雨水，就好像是空气中流淌而来的。自然不戴雨具，头发也会"淋"湿的。村里的马夫已牵来了骡马。我看着这天不开朗的淫雨，心里担忧这雨会不会一直下个不停，便问一马夫，年轻的马夫却一笑道：早雨不过午，这雨马上就会停。话才落，东边山梁处果真就露出了淡淡晨曦，雨幕似乎也在这淡淡的晨曦中隐退了。不远处的杂木丛林间响起了不知名的晨鸟迟到的啼鸣，山村倏忽就变活泛了，一串清脆的马铃声响在了山间小道上……

"山间铃响马帮来"，身处实地，且骑在马背上，你才会感受到这令人着迷的境状。这条马道是从拉岗村横山开道向"巴姆七湖"而去的，路线平缓，马道也较宽，时而隐行于松、杉、栎林中，时而蜿蜒于草甸石岩下，不时淌过马道的小山溪犹如让马蹄拨响的琴弦，淙淙汩汩，流水欢歌，情趣盎然。最让人激动的是此刻坐于骡马背上却有如乘坐在高空飞机上之感，其原因是我们行走的马道是在海拔3000多公尺以上的栎木林与高山草甸间，而在我们的脚下，浓得化不开的白棉絮般的雾海就绵延在万山丛林的沟谷中。云团就在我们脚下翻腾涌荡，浮身于茫茫云海之上的峰峦峻岭竟如海上停泊的船舶，而骑在骡马背上的我真的就生出了"天马行空"的感慨。

雨再一次悄然飘落。我们都不得不穿上了县里行前发给的雨披。马道是穿行在浓密的松、柏、青冈林中了，最能说明这里森林的原始状态的实物就是那一棵棵高大的树和枝丫上密密匝匝垂挂的"木龙须"（学名龙须草），它们如森林巨树生长的白胡须，令人敬畏。香巴拉是人们向往的理想王国，人在贴近这里的大自然每一原生态地区时，不由你不为之感动。天空下着小雨，密林中却下着大雨，原来是天空下的小雨凝聚在密实的树冠上，树叶承受不起雨水的汇集，又变成大滴的水珠滴落下来，于是森林中便不时响起淅淅沥沥的水滴声，伴随着深谷下哗哗奔流的小河水，晃荡的马铃声也在雨林的音乐中变得深沉了。再看峡谷中的云海雾岚，翻卷起伏，动荡不宁，山林的静谧于无声处显得更鲜活摄人心魂。如果说马铃声是孤独的，如浸在深潭下的幽乐，而你悉心放眼观察周围山林，捕捉到的一定是大自然顽强生命力的展示和与人无以言说的亲和感。

穿过一大片栎林，头顶的天空开朗了，隔着山谷相望，对面的山坡隐隐出现了阳光的照射，而在更深的沟壑间，浓云仍没散去。一条小溪淌过马道，小溪左侧的斜坡上矮杂木丛中出现一条陡直的小径。马夫便告知这条路是当年红军长征时走过的小道。先前从资料上也了解到，当年红二、六军团就是在贺龙、任弼时、关向应、萧克等的带领下，从云南进入甘孜地区的，所经过的地方就包括乡城在内。此刻面对这条"红军小道"心里禁不住感慨不已。红军当年长征经过之地确实是"边远人迹罕至"的地方，但如今看来也正是这些远离都市的地方，生态保护是最完好的地方，它的另一层意思自然就是人们寻找的香巴拉净土。关于这条穿行于高山栎林和草甸的马道，是我在一个多小时后向马夫打听到的，这是一条古老的马帮道，他的父辈就在这条道上赶马走巴塘，这不正是著名的茶马古道吗?! 在没有公路以前，乡城通往外界的茶马古道共有五条，其中有通往云南中甸的，有通往巴塘的主干道，而这条向"巴姆七湖"延伸而去的当属是原始商贸交流的古道无疑了。

途中与一家迁场的牧人相遇，几十头牦牛在牧人夫妇的吆喝下从草坡上、山道旁经过，忠实的藏獒吊着红红的舌头紧跟在主人的骑马身后。在友好的招呼声中便知道前面不远就该有牧场了。

前后牵行一线的骡马队伍终于走到了一处较宽的草坪。人下马小憩，马也在草地上歇息。正是进入深秋季节，半坡上出现了一丛丛红叶林，夹杂于青黄绿的杂丛间，色泽丰满的山林景致让人心旷神怡。就在这片林间草地上，矗立着一座片石砌的古碉，它像旧时茶马古道上的卫士，经年累月地站立在古道要塞处。从门洞破损而呈现出摇摇欲坠的墙体上可以窥视到岁月的风雨在它身上留下的斑斑痕迹。据称，此古碉就是公元十六世纪至十七世纪间丽江木氏土司统占乡城等康南重地时所建造，历经五百年风云，依然如此保存完好，实属罕见。它和先前所见的尼斯乡色尔宫土筑古碉风格上应有相似之处，均为四角，下宽上窄，只是用料上的根本区别，这正是择地选材而建筑的典型说明了，也是硕曲河沿岸的"白藏房"与拉岗村的石垒碉房选材不同的因地制宜的又一说明。在这座片石垒就的百年古碉一侧，还有一座应属近年山里人修筑的矮石屋。这样的石屋在乡城的高山牧场中也常见，多是石块垒墙，石板做瓦，远远望去确如丛林草甸上的一方方天然石包。据介绍，在乡城县然乌查呈沟的牧场上还有一座石屋名叫"空色石屋"，已经存在有几百年了，因为有一支不知流传了多少代人的山歌就是这样唱的：美丽的地方说不完／最美的地方还是我的查呈沟／温馨的住所数不尽／最好的还是我的空色屋。古碉和小石屋做伴，几百年来不知它们见证了多少人间悲欢离合！关于这些石垒建筑有"白鸽衔石猎户修筑"之传说，惜未能在此行搜集到。据说这个草坪将成为"巴姆七湖"景区开发后的最大营地，正在修筑的景区公路将直达这里，夕日茶马古道上的繁荣也许不久又会演变为香巴拉旅游线上的又一"闹镇"。

继续前行，不久我们就到了"巴姆七湖"前的另一个小营地。

这个小营地已是纯粹意义上的高山草甸区域，呈斜坡的草坪间到处兀立着巨大的石包。此地岩层以三叠系，特别是上三叠系地层为主，出露岩层为砂岩、板岩、结晶灰岩、白云岩和变质砂岩、灰岩以及大面积的玄武岩、安山岩等，别具一番奇石景状。斜坡下一泓清清亮亮的小溪潺潺流淌，蜿蜒曲回，简易小桥架于溪上，伴着骡马的悠闲游走，马铃的声声叩碰，大山旷达的气势无可阻止地会打动你的心绪。仍有一座小木屋，却是草饼盖顶，炊烟便从屋顶袅袅娜娜地升腾而起。

小营地上的野炊是最令人好奇和惬意的，因为有专门的骡马从县里带来适宜于野外的食物，且在山野之地，那些平时也算不上什么的东西，却是让人胃口大开，似乎特别爽口。更加上有丰富山地生活经验的马夫就地取材，折一枝小杂木丫杈当作打酥油茶的"甲洛"，而熬茶的壶就当作了"茶桶"，如此搅拌出来的酥油茶也非在家里的可比，我竟然一口气喝了三大碗。

午饮后，我们便兵分两路出发了。

　　一路骑马过小河桥，顺对面西北侧草坡而上，再跋涉陡峭的山道，直上5000多公尺的萦郎山观景台。在此观景台上可直接观看到"巴姆七湖"全景：铅灰色的岩山环抱间，呈梯形镶嵌着七个明镜般的碧湖，层层叠叠，自上而下，如七块翡翠首尾相含，湖与湖之间悬流如瀑。从这个观景台上，还能遥望连峰重垒的远处亚丁神山。还在桑披岭寺考察时，我就在心里想到了佛前供奉的七杯净水，在多次去藏传佛教寺院参观考察中我就发现佛像前多是供着七杯净水，"七"以外的数字我还真没见过，问起懂得藏传佛教的同行，方知"七"在佛教中所独具的含义。把"巴姆七湖"比作是亚丁神山前的"七杯净水"不正是天造神设的意境吗！大自然的造化真正是鬼斧神工，就在这个香格里拉环线的景区内，自然界所显示出的山山水水仅仅用人为的比拟是说服不了谁的，藏传佛教所具有的某些含意那么巧妙地呈现蓝天白云下，不能不让人感受到一股无处不在的神奇力量于无声处震撼人心。

　　因为体力不支，加之以要贴近神湖为由，我与其他几个同伴成了另一组，路线是由小营地步行约一公里，走进"巴姆七湖"最大的第一湖——次仁措，意为"长寿湖"，亲自触摸圣湖净水的高洁，窥视它的神秘。

　　这和三年前在得荣下拥景区的活动一样，我也是选择了走进圣湖的一路，而那个地处弥勒佛山岩下的湖泊也叫"次仁措"，同名同义，也许高原的藏民族都在仙境面前有共同的心愿吧。走进高原湖泊，真的每一次都会让人体会到一种簇新的感受，每一个高原湖泊都有它独自的特点。而眼前的长寿圣湖虽处在4000多公尺的高山峡谷口，它却鲜活得如一位自由自在的姑娘（请原谅我用这个比喻）。它不是静止的，山风轻轻拂过水面，如一弯新月状的湖面上就叠涌起起伏回荡的涟漪，从远处进入湖水的流瀑处开始涌荡，直往出水口而来，而在层层叠叠的涟漪中天光云影倒映入湖，那涌起的波浪上又泛出星星点点的光斑，如天上的星宿在波浪上跳动。我想起机械专用相机的一个配件，这是需要星光镜才能摄下的奇景呀。自然在流瀑上方，青色石岩的谷口深处，就该是依次而上的六个连湖奇景了。"七湖连阶，直通天际"不是虚妄之话，只有到了这里，才能真正体会到何为"仙境"。

更让我们惊喜不已的是此湖中游鱼成群，有同行看到尺长大鱼，而我们在湖边浅水区里也看到一群群小鱼不时飞快掠过水底。生命与自然和谐在这里也得到了某种展示。

"巴姆七湖"本地名"日郎央措"，七个高山湖泊沿梯级冰川谷串连排列形成，是典型的冰川刨蚀湖和古冰斗，两侧山体古冰川活动痕迹明显。再佐以景区内村落、寺庙、古碉、岩画、牧场等人文景观和森林、溪流、草甸、动植物等自然资源，其旅游开发价值显而易见。其实两天后在与该县刘书记小谈中才得知，由于我们考察时间安排有限，如能在下山时走另一处被誉名为"佛珠峡"的景区，本地话称其为"日日韵公卓则"沟，那有着108样树种、108类鸟类、108种野生动物、108条山溪、108条沟壑的自然风光，还会让人痴迷和陶醉于"香巴拉"的圣地上。当然，留着遗憾更能让人产生美好向往，也许机会还多，人人心中向往的香巴拉，来一次是不可能穷尽其美好的。

两路人马于又一次突如其来的山雨中相会于小营地的木屋中，上观景台的同伴可真的吃了苦头，有两位已是雨水淋透了衣服，因为就是午炊后上路时，天空还湛蓝一片，谁会想到雨又会不期而至呢？这该是今天第三场雨了，真的是让我们这帮特殊游客领略了与大自然亲近该付出的艰辛代价。

在木屋火塘边烤火那会儿，从成都来的客人说"巴姆七湖"的科考价值比旅游价值大。而我在另一文友的文章中却又看到：最难得的不是它的科考价值，而是"七湖连阶通天际"的独特景观。其实我更同意的是两者皆有之，不管什么人来此一游必然是不虚此行。

有这样一句话：只有不畏艰险才能寻找到我们的世外桃源和精神乐土。

不得不再说说我与黑骡的情感了，因为从昨日下午开始与它的无声交流就引起了我的心灵颤动。其实牲畜与人之间是存在某种欲说不能的情感交融的。下山的路其险其艰辛是我们不曾想到的，因为景区公路正在施工中，多半路仍需我们利用代步工具骡马骑行，真的体会到了景区开拓者的辛劳。

返程时，早已领教了骑在山地马背上随处可能遇到的险情，更慑于回程的路是随河谷沟壑而下，其水流的落差自然与马道的落差一样陡峭，更偕山雨似要随时倾下，同行的青年女作者小潘和男作者向东都不愿再骑马，时任县旅游局局长的李鸿同志只好和他们一起步行林间小道返回，而布满艰辛的山道足有20多公里，这既是无奈的选择也是一种甘愿吃苦的选择。而其他人也有惧怕再骑马，却在两难中仍选择了骑马。步行的人先走了，骑马的人聚一起后，都排列成行地走上了返途。下午几个小时离开我的黑骡又回到了我身边。马夫不再和我们同行，因为下坡，步行显然不能赶上骑行的队伍，差不多的人和坐骑都无法选择地结为了对子。当然后怕也随之而来，要知道这些骑马并不是和自己很熟悉，更何况"马也有失前蹄"的时候，谁又能说得清呢？十多年前，我曾陪四川省作协同志骑马进海螺沟观光，当时我也骑着一头黑骡，没想到下山时到了当时正修筑的公路上，因路平，逞强的我想于骡背上潇洒一回，于是打马小跑，却不料坐下黑骡真的就失了前蹄，将我狠狠地从骡背上摔了下来，还好脚镫也随之脱落，要不让骡子拖着跑一程，其后果真的就不敢想象了。今日里这种后怕当然也在瞬间攥住了我。但我从马夫手中接过黑骡缰

绳那一刻，一种说不清道不明的信任之感就从心底飘升起来，当
然那是缘于黑骡传递给我的信息。

我从马夫手中接过缰绳时，分明看到黑骡的眼睛凝视着我，
那一对长长的耳朵前后伸动了几下，四蹄如铅般立定在地上纹丝
不动了。我是第一次大着胆子脚踩铁镫一翻身就骑上了黑骡背
上，那上骡的动作潇洒得让我自己也吃了一惊。黑骡仰脖高昂地
"吭哧"了几声，同伴都戏笑道，你胯下的骡子来劲了呢！其实
我是在黑骡的叫声中听到了一种满意的含意。再一想，我能自己
跨上骡背完全得益于黑骡的配合，因为它压根儿就没挪动一下身
子。待我骑稳当了，抖了抖缰绳，黑骡才跟在追美局长骑的黄白
马后面稳健地迈开了步子。下山的黑骡并不比上山时轻松，它既
要背负重量，又得支撑着平稳的步子，很快我便发觉黑骡的脖颈
上大汗淋漓了。幸好天未下雨，有凉风不时吹拂，我看到黑骡脖
子上的汗干了又湿，湿了又干，黑骡开始感到口渴了，每每遇上
山溪从山道上流淌而过，黑骡都会走上前去，伸头猛喝。那一
刻，我放松了缰绳，一任黑骡畅饮。待黑骡喝得差不多了，我伸
手在它脖子处轻挠，如对自己的朋友一样说，黑骡，你看黄白马
都走远了！黑骡总是在这时候一仰脖，迈开细碎的步子，一路小
跑着追上去，直到跟定了黄白马腚后才放缓步子。如此几次，我
毫无疑问地断定，这黑骡是能听懂我的话，而且也能明白背上主
人的意思。在半山岔路口，从右横山就是黑骡回"天村"的马
道，而从左顺小河而下才是出山之道。黑骡在路口处站了一刻，
自然它也是想早点回到自己的家去的。这时候，我仍伸手在它脖
子上挠了几下，对它说，黑骡，我们得先出山呀！它如果犟着性
子往回家的马道上走，我肯定是会没辙的了，但黑骡就是心知肚
明，掉头就走上了下山的小道。这一路顺沟而下的路真的是十分
难行了，马道显然是从没人修整过，也许就是在等待从沟里筑上

来的旅游公路延伸吧，那时而笔陡而下的路泥泞不堪，时而路上乱石林立，即使是步行也是很艰难的了。但黑骡却十分尽力，驮着我的它不仅步子稳健，而且还会自己寻找较平缓的小径行走。即或遇上不能绕行的高坎，它也会先站立片刻，似乎是在等我做好准备，方才向前跨步。就因为黑骡这些不起眼的行为，我在陡坡险道上有惊无险地经过，并且越来越觉得黑骡是最让我信得过的伙伴了。在一处笔陡且烂泥泛滥的小道上，我想下骡步行，黑骡却不听我支使地继续前行而不停步，那意思真的是不让我下来自己行走。同行的追美局长也说，你就骑着走吧。果真，黑骡任劳任怨地行走在泥泞沼泽中，不时连腿膝也被泥泞淹没了，如果我自己行走，真不知会狼狈到什么程度。后来从下山的同伴中也得知，有好多人是步行陷在了烂泥中。20多公里的下山路上，黑骡一直驮着我行走，我也仅仅在到了与新修公路交会处才下来走了不到两分钟路，又重上黑骡背直达入山口。县里前来接站的几辆小车已等候在路口上了。我和其他同伴一样，将黑骡拴在了路旁的树枝边。黑骡的真正主人还没走到路口，天已经黑下来了。我在离开黑骡的那一瞬间，分明看到黑骡的眼里闪着一股光亮，在人与骡的短暂对视间，我心为之一恸，谁说骡不懂情感？我掉头离开时，它又轻声"吭哧"了几声，好似真的与我道别，我的眼眶的的确确是潮润了。

当晚回到巴姆大酒店舒适的房间里，我在整理此前所拍摄的照片时才懊悔得想给自己一拳头，两天中我拍了几百张照片，为什么就唯独没想到给黑骡拍一张？原本想在手提电脑上写点这两天的见闻，可此时我一个字也打不出来了，我当然也在叩问自己的心灵。

"巴姆七湖"之行，留给我的东西太多了，我得抽时间好好整理一下自己此行所获。

（就在笔者撰写此文时，又从报纸新闻中得知"巴姆七湖"在众多申报四川省级地质公园中独占鳌头，荣获"四川省级地质公园"头衔；相信会有越来越多的人关注这里的仙山美景。）

节日乡城

摘要：演出活动中尤为引人注目的该是由基层区乡代表队上台表演的乡城"疯装"展示和独具乡城特色的藏语"小品"。

今年的十月长假原本就是"双庆"期，"国庆节"和中国传统的"中秋"聚一起了，更让乡城人感到非同一般的是又多了个"香巴拉民族文化旅游节"。自然这是为了打造"香巴拉·乡城"人文旅游品牌，提升乡城旅游知名度而特意举办的活动。据当地人称，香巴拉艺术节既是乡城县最具地域特色的文化活动，也是对外开放的窗口。本届活动只是小型的，比这还隆重的都举办过。只是与往届不同的是此次艺术节盛邀了省州名作家及媒体对县域旅游资源和深厚的文化底蕴进行了深度挖掘。这当然是指我所参加的这次"天浴七湖笔会"活动在内。

县城的巴姆广场披上了节日盛装，今日里天气也特好，一大早太阳就挂在了天边。高原明媚的阳光是具有感染力的，乡城人穿着多彩的节日服装，沐浴着热情的阳光，欢度属于自己的"艺术节"，自然情感更为痴迷，而巴姆山下"三节同庆"的节日气氛也是空前的。

喜庆活动是在当地独特的文化氛围十分强烈的气氛中进行的。再一次感受到了"康巴人会说话就会唱歌，会走路就会跳舞"的现实。由"康南民族大舞台""香巴拉雪域锅庄演艺中心"两个走向文化市场的演艺团体及学校少儿演出队为主打阵容的喜庆演出，一次又一次把欢乐和祥和的气氛推向群情激昂的高潮。

整个演出活动中尤为引人注目的该是由香巴拉镇和尼斯乡上台表演的乡城"疯装"展示和青德乡演出队独具乡城特色的藏语"小品"。

关于乡城"疯装"，原本就是服饰作为地域物质文化所具有的地方特色。乡城传统服装为藏装，其特点是袖长、腰宽、襟大。种类主要有藏袍、藏衣、藏裙等。特别是妇女服饰颇为特别，个性鲜明，其中妇女穿的连衣裙，被其他藏区的人们戏称为"疯装"，即"疯子穿的装束"，没想到，如今的"疯装"却成了乡城"品牌"名扬海外，"疯装"成了"风采时髦"的代名词，其含义应当说已有了无可断言的外延。据考证，乡城妇女连衣裙最初形成于文成公主进藏时期，带有唐装的痕迹，定型于云南丽江纳西族木氏土司统治时期，又由纳西族妇女的齐膝围裙演变而来。其特点是褶叠多，分内褶、外褶各54个；材料讲究，以氆氇为上品，其次为牛毛编织的毪子，需布料约7米。穿法与众不同，其他藏区服饰一般是左襟在里、右襟在外，而乡城连衣裙却与此恰恰相反。做工也很精细，一般用五颜六色的料子拼成。左右胸襟分别镶有红、黄、绿、黑、金丝绒五块三角形布料，分别代表福顺德、土地、先知、牲畜、财富。双袖肘处镶有一片彩色布料，占整个衣袖的三分之一，袖边嵌一小块寸许宽绿布。裙镶约一厘米粗的红色羊皮条；背部嵌1.5尺见方称为"公热"的垫背，其上饰有吉祥图案"拥仲"，是表达乡城藏民对历史上文成公主进藏的敬意和祝福。"疯装"表演者全身上下佩戴着金、银、玉品、珊瑚等豪华饰品，据称仅一个表演者身上就汇聚了上百万元的贵重物品，真可谓是光艳四溢，让观者"目瞪口呆"。自然在如此盛装的展示中，那康巴姑娘的雍容靓丽和康巴汉子的英武豪迈形象更深入人心，让人很难遗忘。

另一个引人注意的节目就是来自藏乡的"藏语小品"。

我是第一次欣赏这个节目。开始在节目单上看到时还以为就如一般的"汉语小品"似的插科打诨的几近媚俗的表演，很难有"小品"上档次的。可乡城的"藏语小品"却真正是独具特色呀。这个"藏语小品"名叫《新农村》，由四个汉子装扮成男女新农村人，虽然听不懂台上藏民演员的藏语台词，但从他们的神情、动作以及简陋的道具上也能看出是一出讴歌新农村新事物的喜剧小品，比如演员随手拔出一个萝卜就当成手机打电话，而另一个咬一口苹果，将其放在耳边也成了手机，更让人忍俊不禁的是台上的藏乡"男女"还在音乐中跳起了"康定情歌"流行迪斯科舞……整个小品演出中不断引起观众哄然欢笑声。此时我却想到了藏戏的演出，康巴地区的色达藏戏团曾把"格萨尔"的藏戏演到了江苏，出国演到了欧洲，这不正是越民族化越具有世界性的实例吗?！

有关乡城藏语"小品"的话题，是我在会后问及热龚东灯局长时，方知它源于乡城本土传统文化"笑宴"。

"笑宴"是乡城藏民族文化与智慧的结晶，也是乡城藏民族文化的根基和重要组成部分。此地人只要数人相聚，无论是在劳作、婚庆、聚餐、休息等场所，"笑宴"都会自然相随。而所谓"笑宴"就是几个口才绝佳的能手相互取笑，相互取悦，借其言语的幽默、风趣，展露智慧，阐释哲理，有点类似汉族的"相声"，所不同处在于乡城藏民族的"笑宴"没有书本、台词可供阅读借鉴，没有固定场所、舞台，没有专人教排练，没有精心准备和策划，没有固定人数，不是一场演出、一个节目，他们就是在生活的某个时间中灵感忽然闪动，说出一串生动、形象、鲜明而贴近现实的爆笑语料。乡城藏民族宽厚大度的民族秉性及彻底践行君子行为暴露无遗的坦然胸怀实为难得，由此而形成的"藏语小品"自然会深得观众的认可，其演出的社会效果也是显而易见的。

下午，我们还驱车去了马鞍山另一侧的热打乡。

位于距乡城县59公里的热打乡民欧村境内的曲披岭寺是省级文物保护单位，也是乡城县历史最久远的藏传佛教寺庙。这个寺庙是在公元1580年，由三世达赖索朗嘉措倡导，由堪布索朗降措与他的侍从邓珠降措筹建，住持活佛由历代香根活佛担任。我在大殿中见到了现在的香根活佛的巨像和塑的神像，方知这里才是香根活佛的母寺，而过去只知道他的主寺在理塘长青春科尔寺。这个寺庙据称藏有一部三世达赖的信物经书故取名"曲披岭"，带有光大佛法之祈意。

曲披岭寺和两天前去过的桑披岭寺在建筑上有着异曲同工之处，因都是由乡城本地民间艺人所建，无论是雕塑、壁画等工艺都有一脉相承之处。本寺更藏有四口生铁大锅，外侧刻有"清道光九年三月蒲邑金火匠造"字样与多种祈福、装饰图案，内侧刻有许多藏文与图案；其中两口目前仍置于土灶之上烧茶。据传，四口大锅皆由清道光皇帝御赐，是因曲披岭寺一位名为敏则堪布的高僧，曾被清政府从拉萨选迎进京，封为"伍拉"（国师、帝师），此四口大锅皆经他手而得。除此之外，曲披岭寺还有很多源自中原的文物，也曾被清廷赐予"为皇帝祈福禳灾之寺"的封号。缘于此，清光绪三十二年（1906年），建昌道员赵尔丰毁乡城桑披岭寺后，虽途经曲披岭寺，但见该寺有清廷所授的锦匾，不仅没加破坏，还有入寺参拜之说。

出了曲披岭寺，但见河谷中玛依河流水舒缓（据说这段河流将辟为漂流河段），河畔的民居、闲散于收了庄稼的空地里的牛、农家竖于河岸，房侧的木质晒架、水磨房、古木小桥，组成了一幅恬静而美妙的乡村农家图。你会毫不费神地就想到"圣洁""地杰人灵"这些字眼,不但名寺选址而建,这里也曾从乡小学、乡贸易站等单位走出好几个省州都有了名气的作家和诗人。下午的阳光就那么温柔地照在这片土地上,轻风中曾经有过的诵经声、学校孩童的读书声,牛哞马嘶声都隐于柔和的阳光中了,只有小桥流水淙淙,波光潋滟晃人眼目,引你去做无尽的沉思。

回到县城,华灯初上,巴姆山下千姿万态的礼花腾空而起,火树银花照亮了康南这座民族小城,欢声笑语也溢满了街头巷尾,香巴拉·乡城在节日欢快的晚礼声中陶醉了……

天浴温泉及其他

摘要:"乡城天浴"肯定是最具独特内涵的文化现象。问题是随着市场经济的渗透、现代化交通的贯通,古老的文明是否还能留存下来,这不得不打个问号。

这次笔会主题被冠以"天浴七湖","七湖"已去过了,剩下的就该是考察"天浴"。其实在接到乡城县的邀请函时,我就本能地对这两个字产生了好奇。无独有偶,我在新千年创作的第一部长篇小说就名叫《天浴》,自然少不了对高原温泉的特意描写。而在此之前对于乡城"天浴"的了解也仅仅限于一幅摄影名家的作品,那幅作品取景于乡村一处天然露天温泉,氤氲的雾气中,温泉的堤岸旁坐着赤身裸体的男女村民……整个画面让人深深地感受到一股古老而淳朴的乡村风俗,似乎遥远而不可即,却又分明是在回归自然的质朴现实中。但我本能地感觉到这种人与自然和谐相处的古老生态理念或许已经不复存在。

上午的第一站是参观青德、青麦乡白色藏寨文化生态保护区。这里是誉为当地水果、生态农业的示范乡。时值苹果挂枝欲坠,田畴原野一片秋后丰收景状。坐在青麦乡人民政府所在地院子里的苹果树下,随手摘下一堆新鲜而香溢四处的成熟苹果,细细品尝,果真是名不虚传,乡城苹果尤其在州内省外都有一定的名气,这得益于科学栽培的结果。曾在报上看到过有关果树栽培科技工作者在这方土地上的不懈追求,终于梦想成为现实。今日沿途所见,实在是置身在泥土气息清新的田园美景中,乡城特有的民居白藏房更如栋栋停泊于绿海中的船……数码相机争相闪烁,同行们都拍摄了不少田园风光的作品照。硕曲河畔、白藏房,绿色田野、蓝天白云……画面几乎都似曾见过,但眼下又出自自己之手,那种感觉又不同寻常了。

按主人安排,乡政府请来了当地数位年老的村民,主题便是向我们讲述历史上这里曾出现过的一位被当地藏民称为英雄的"布根统领"的传奇故事。当地文学青年作者格绒泽仁曾撰写《青布日神山的传说》介绍:河谷里飘过丝带般的硕曲,在麦浪与果香飘过的沿岸,是布根统领出生于乡城青布日神山脚下的青麦乡木差村。当时正值清末的乡城处于"东受理塘制控,西有巴塘觊觎,南临中甸钳制"的局势中,乡城百姓每年要向四方土司和清政府缴纳许多粮赋与苛捐杂税,人民生活苦不堪言。为了驱逐奴役与压迫,为了故土的安宁与自由,贫寒出身的布根统领以自己的骁勇和谋略成为乡城最强大的头人。他联合号召其他头人组建了一支勇猛善战的军队四处征讨,所到之处锄强扶弱、攻无不克。其势力远至木雅道孚、康定、炉霍、甘孜、雅江、理塘、稻城。乡城流传这样一句话:凡是硕曲河流经的地方,就有布根统领的传奇故事。这片土地曾经孕育了像布根统领、冷垄纳洼、锅地麻、扎都尼玛等许多刚烈骁勇而又野性十足的康巴汉子,他们让人敬畏而又扑朔迷离。功与过、是与非,都已化作历史的尘烟弥散成风。然而，布根统领极具传奇色彩的一生，犹如一道流星划破康巴深沉的夜幕，带给人们无尽的想象和思考……在老人们的讲述中，布根统领的形象栩栩如生地展现在我们面前，既神奇又让人敬佩。如布根统领出现在战场上，左肩上出现猛虎、右肩出现雄狮，其威猛所向披靡……

历史上，乡城这方土地上确是"土匪如毛"。1928年6月，美国地理学会亚洲探险队队长洛克和他的二十一位纳西族随从，由木里县穿越至贡嘎岭地区。三年后，洛克在美国地理杂志上撰文《贡嘎——三怙主神山——世外桃源的圣山》。其文中"土匪停止朝觐神圣的顶峰"一章节中写道："……这种 （朝觐神山）的愿望现在有所保留，原因是贡嘎岭的土匪……现在许多外来人冒险进入贡嘎岭，就被抢劫和杀害……贡嘎岭和乡城部落的地盘内，山首领管辖，当理塘的王室被毁坏后，这个地方就成了土匪和强盗的桥头堡。"且不评价当年洛克的描述是否公允，单从另一个角度确也说明当时乡城地区的"匪事影响"，以至文友撰文也很实际地说：洛克的游记中写到，因为听说乡城是个土匪出没的地方，他没有敢进入乡城。乡城好斗逞强的先人让乡城错过了一个在二十世纪初就出名的机会，不能说不是一件憾事。其实洛克也错过了看见世界上最美的湖泊的机会，这应该也是他和他身后那个世界的一个遗憾。

有关乡城"土匪传闻"在本地人口中毫无回避之意，他们一说到"匪"反而很自豪；比如说乡城民俗特有的"抢婚""笑宴"等据说都是源于"乡城土匪文化"，显然这里彻头彻尾都倾注的是康巴人崇尚英雄主义的心理。正如前面所说"功过自有历史评价"，而民间对布根统领等英雄的崇拜，也说明了他们"锄强扶弱"的业绩深入人心，这和传统意义上所指的"土匪"相去甚远。

下一站是到然乌天浴景区采风。和高原上所有存在天然温泉的文字介绍几乎都同出一辙，"然乌温泉"位于距乡城县城34公里的然乌乡克麦村境内，省通217线乡（城）香（格里拉）公路越经温泉山庄入口，是然乌天浴文化生态保护区的招牌资源。然乌温泉以泉眼多、流量大、水温高而闻名。在0.5平方公里的范围内分布着108处泉眼，泉温最高可达85摄氏度，能将鸡蛋煮熟。该泉药疗效果显著，慕名而来者络绎不绝，最远的有距200余公里的云南香格里拉群众。这一带至今仍保存着全家共浴、男女同浴的古老温泉洗浴"天浴习俗"。"人心无杂念，方为纯净地"，这里的人们沿袭着人与人、人与自然和谐相处的古老生态文明理念。另文也说：这里自古民风淳朴，"男女同浴""人蛇共浴"等温泉文化现象至今可得一见……然而不知是主方没安排，还是因为其他原因，我曾担忧的"不复存在"果真应验了。后来我在《甘孜日报》上才得知，其中之一的蛇泉至今也没通车的路，需要步行一个多小时才能到达。那篇名为《天生一个仙人洞》的精妙短文将蛇泉奇景记述得惟妙惟肖，特别是"宽绰神似葫芦的泉池，或倒或立，形神兼备、阴阳和谐的钟乳石给人以浮想翩翩的未知境地"等描述，让人耳目一新，惜未能亲临相见。自然"男女同浴"也只是想象中的画面了。也许好客的主人是要在笔会的最后一个下午安排客人们洗浴温泉，以洗去这几天考察奔波的困倦和劳顿，只是将我们带到了现代气息浓厚的"温泉山庄"，其实很多人心底是十分遗憾的。

如果按地理学专家的解释：为什么横断山区六条南北流向的大河与地球表面的水平自然带分布方向不一致……这些民族之间的生产和生活方式是难以相互移植同化的。"乡城天浴"肯定是最具独特内涵的文化现象。问题是随着市场经济的渗透、现代化交通的贯通，古老的文明是否还能留存下来，这不得不打个问号。我们也在此行去了尼丁大峡谷口上的五彩鱼泉。那里原本是个天然水塘，自生野鱼极多，村民们常以食物喂之，故鱼群见人不惊，即使朝水中丢一块小石子，众鱼群也会蜂拥而至，而不是逃之夭夭。可惜数年前因修小型电站，如今残留的一道道水泥堤坎带来的破坏生态平衡的现状的确是可以用"惨不忍睹"来形容。再联想到如今正开发的整个香格里拉旅游大环线内的如巴塘的措普沟，湖畔能"喊鱼"的奇景等等诸如此类的原生态文明现象，以后还能留存几许？这个话题自然是当今旅游开发中已引起共鸣的思考之一。

明日即将离开乡城，我已决定将这次所摄的一张"田畴绿原上的白藏房"照片长存于我的电脑相册中，以作为不同以往仅为"过客"的这次笔会的纪念，这和"某某到此一游"当属同出一辙的含意。

香巴拉·乡城——你给我的感受是新颖而神奇的！我会永远记住这片土地！

域外行履

西行书签

（青海湖—格尔木—拉萨—日喀则）

火车向西，那是通向魂牵梦萦的圣地拉萨……

美国旅行家保罗·泰鲁曾在他的著作《游历中国》一书中像诅咒般地说："有昆仑山脉在，铁路就永远到不了拉萨。"1923年，法国著名女探险家、藏学家大卫·妮尔像先知一样预言："毫无疑问，将来准会有一天，横穿亚洲的快车将把坐在非常豪华火车车厢里的旅客运往那里。"而在一年前，前一种"诅咒"解除了，后一种预言应验了。坐着火车进西藏成为今天的"现实"。

启程去西藏前，我对四川省作协和巴金文学院领导说过："让我去美国我不感兴趣，但西藏我一定要去。"坦诚地说，我并不是一个藏传佛教信徒，但我却是土生土长于康藏高原藏区的汉人，对藏民族文化的热爱已浸进了我的骨髓里。到拉萨圣地去，原本就是我人生中最大的心愿。

青藏铁路全线通车一周年之际，随着从成都发出的22次列车的轰鸣，我的梦开始远行……

青海湖晚霞

旅行是一种视觉的饱餐，更是一种思想的飞跃。自然美景和人文景观都会使旅行者受益终生，成为心灵中不熄的火焰而让你无悔人生。火车向西，这是一条承载了多少人梦想的"天路"，一条被韩红一曲《天路》唱红大江南北的铁路，承载着多少激动不已的心，铁轮飞奔，翻山越岭而去。

现代通信工具让游人也不必担心随着火车的奔驰，你将经过哪些地方。从翻过秦岭，火车转头向西北行进，我的手机就开始接收到不同地区的电讯"问候"：亲爱的成都朋友，你现在已进入甘肃定西，定西移动通信分公司为你提供优质的服务，祝你旅途愉快，万事如意！接着是"金城兰州""海东""夏都西宁""海北""海西"。车厢里的同伴们开始激动了，因为谁都知道，我们正在向青海湖靠近。

青海湖藏语叫"措温布"，意为"青色的湖"；蒙语叫"库诺尔"，意思是"蓝色的海洋"，早先是于禾族牧场，所以又称"卑禾羌海"；北魏时更名为"青海"。它是中国最大的内陆咸水湖，面积达4456平方公里，环湖周长360多公里，火车正好要环半湖而过。无数双眼睛都齐聚在封闭的车窗前，急不可耐地眺望着忽闪移动的草原、岗坡。

"青海湖！快看……"随着一声惊呼，车厢里欢腾了。

正是晚霞绚烂之际，头顶的天深蓝如黛，一朵朵云真的像一团团棉絮拭擦着天上的尘迹。云团边沿隐隐约约浸漫着淡红色的霞光；在云团与云团游动的缝隙间，如水银般倾泻而下的夕阳晖光直投射进远处逶迤山脉下的青海湖中。夕阳强光烈得让人眼睁发直，而近处沿青海湖铺展开的草原却显得有些幽淡，只隐约可见的墨绿色原野上不时出现三两只蠕动的牦牛，偶尔也会出现一两顶低矮的黑色牛毛帐篷，那拴在帐篷边上的黑色藏獒也会朝火车空洞地吠几声，广袤而恬静的气息让人觉得车窗外只是一幅晃动的单调图画。然而，当眼光被青海湖湛蓝色的波光吸引时，一种神奇紧紧地拽住你，那种神奇缘自青海湖水面上强烈的夕阳反光。湖是无法细辨出它的本色了，甚至看不见湖面上的微波涟漪,那一方椎形的湖光如凝聚的水银盘幻化成了一柄仰天的明镜。又似乎是青海湖明亮晶莹的"天眼",正深情地仰望着苍穹。十九世纪美国著名作家梭罗在他的《瓦尔登湖》一书中说:"一个湖是风景中最美、最有表情的姿容,它是大地的眼睛。"此时此刻,你才会体会到这句话所包容的内涵有多深刻。

临近青海湖湖面的"天眼",那一片并不显得高昂的山峦应该是海中的一个个岛屿吧。但哪是鸟岛、哪里是海心岛,任是谁也无法在飞驰的火车上分辨出来。我却是在来时的阅读中便知道了海心岛于青海湖所赋予的神奇。据传,很久以前,青海湖周围是一片平坦的大草原,草原中间有一个很大的泉眼,泉眼上有石盖,泉水常流不溢。有两个道人去西天途中路过此地,师父让徒弟到泉中取水。心急口渴的徒弟取水后忘了盖井,结果泉水如潮般涌出。师父忙抓起附近一座小山扔进水中,才将泉眼压住。但原先的草原已成一片汪洋,周围人家也被淹没一空。后来,人们就将青海湖叫作"赤秀洁莫",意为"万户消失的地方"。而把那座压住泉眼的山称为"措宁玛哈岱哇",意为"海心大天神"。这只是传说,其实海心山是形成于2亿年以前的三叠纪,就是青藏高原隆起的时候。如果你认真"阅读"青海湖的现实,其实真的就想让海心山挪开地方,让"泉眼"尽量地涌出润泽草原的盈盈海水来。

15年前,青海湖就进入了国际重要湿地名录,作为国家级自然保护区,青海湖是青藏高原生物多样性最丰富的宝库。青海湖流域周边地区有野生动物213种之多,其中包括藏原羚、藏野驴、雪豹、黑颈鹤、玉带海雕等国家一、二级保护动物37种;分布种子植物445种。湿地、高寒草甸、草原、灌木林、耕地、沙丘和鱼、鸟、兽等珍稀动植物共同构成了青海湖特有的生态体系。但由于受全球气候和人类活动加剧的影响,青海湖自二十世纪六十年代以来，年平均减少湖水4.36亿立方米，由此，专家预言青海湖可能在200年后消失。科学的论断往往让我们难以理智地接受，但也不能不让我们深深地去思考。

青海湖在同行人的惊呼赞叹声中退去了，夜色苍茫中，我的心还长留在那烟波浩渺的地方；似乎青海湖仰天而视的"天眼"还在述说着什么！

可可西里的太阳

青藏铁路全线是指从青海西宁至西藏拉萨，而其中自西宁始至格尔木段是第一期工程，此段工程于1958年分段开工，1984年建成通车。青藏线全线通车是2006年7月1日，即是从格尔木至拉萨全长1142公里线路历经5年的艰苦施工，终于建成。有关青藏铁路工程建设的艰难险恶，已成为世界铁路建设史上的辉煌奇迹。随手翻阅一本有关青藏铁路的书籍，上面都会无一例外地记载着青藏铁路所创造的世界奇迹：世界上海拔最高、线路最长的铁路，世界上最高的高原冻土隧道风火山隧道，世界上海拔最高的火车站唐古拉车站，青藏铁路线上最长的"以桥代路"工程清水河特大桥，青藏铁路第一高桥三岔河大桥，长江源头第一铁路桥，等等。

火车是在半夜到达格尔木车站的。停车时间不长。车外的站台并非灯火通明，显得有些清冷。大概是深夜的原因，而白天的格尔木车站据说也是比较热闹的地方。其实格尔木在西北这方天地中处于交通枢纽的中心位置，建市仅半个世纪，却声名远扬。到了格尔木就有一种伸手就能触摸到西藏的感觉。

火车继续前行，尽管车灯已关闭，窗外也黑蒙蒙一片混沌，但再也无法安睡了。听着身下铁轮的"咣当"声，知道已进入渺无人烟的昆仑山区了，天亮时将进入神往已久的可可西里自然保护区。可可西里意为"美丽的少女"，但我们知道这个"少女"却并不羸弱，她历经岁月风霜冰雪的考验，成为人们心中最刚强的"美丽少女"。可可西里这个名字是让人激动的，它让人想到曾经有过的疯狂的盗猎，无数如"美丽少女"般的藏羚羊倒毙在罪恶的枪弹下，也曾有不畏艰险、不怕牺牲的反盗猎"野牦牛队"勇士们战斗在冰天雪地里。当然还有一幅画面会出现在你脑子里，那就是青藏铁路中全长11.7公里的清水河大桥；它是一座建筑在高原冻土地段上以桥代路的世界最长铁路桥。以桥代路一是为了解决高原冻土带路基问题，二就是桥墩间的1300多个桥孔可供藏羚羊等野生动物自由迁徙。画面中绝对有成群的藏羚羊从桥孔下穿行而过。天亮后，真的能看到那一群群可爱的"可可西里骄傲的精灵"吗？

晨曦初微，车窗前已是站满了旅客，几乎没有人还能在接近可可西里这片高原时安然入睡，等待就是为了看到"美丽的少女"最妩媚的瞬间。火车几乎是贴着地平线在奔驰，东方低矮却逶迤连绵的山峦静穆地"匍匐"在天际下。一抹淡红的光从波浪似的山峦后沁出，慢慢地向更宽的天宇扩散，光也由淡红转而橙红、大红浸漫开来，渐渐明亮的天光终于让由远而近的山脉草岗展露出了身姿，早起的太阳如迸裂而出的火球倏忽间跳上了天际。朝阳光透过车窗照在旅客们脸上，人人都是红光满面，欣悦之情无一掩饰。可可西里的早晨是令人陶醉的，尽管是隔着封闭的车窗，你也会感受到青藏高原清晨带着青草气息的风拂，朝阳的温暖也会使你觉出脸颊上有如光瀑拂过的柔情。

原本担忧铁路通车后可能想再看到藏羚羊只是一厢情愿的事了，但可可西里是有人情味的"美丽少女"，她没有让我们的渴盼成为憾事。是在一段铁路路基下不远的草坡间看到第一只藏羚羊的，应该是同时看到三只在一起吃草的藏羚羊。那一刻，车厢里除了情不自禁的惊呼声外，就是一片按动相机快门的"咔嚓"声了。随着火车的行进，远远近近的草坡、草滩上都不时出现藏羚羊，有几只在一起的，有十几只一群一群的。你绝对会惊诧这些曾被描述成胆小的"精灵"，现在会在飞驰的火车旁的草原上安然地生存。最引以自豪的是在同行的十几个人中，唯有我拍到了车窗外几乎是一闪而过的藏野驴，它们一共五六只，耳鬃厮磨地闲遛在草坡间。

我在火车上买了一本文友周世通先生编著的《天路之旅》小册子，里面记录了一位到过可可西里的学者说的话："藏羚羊不是大熊猫。它是一种优势动物。只要你看到它们成群结队在雪后初霁的地平线上涌出，精灵一般的身材，优美得飞翔一样的跑姿，你就会相信，它能够在这片土地上生存数千万年，是因为它就是属于这里的。它不是一种自身濒临灭绝、适应能力差的动物，只要你不去管它，它自己就能活得好好的。"事实果真如此，这是最让人欣慰的。

一片被无数条溪水小河冲刷而形成的赭红色滩涂出现在眼前，如银似玉的溪水迂回流淌，在赭红色滩涂上刻画出曲折回转的韵律，让人一下就想到自然原生的形态。火车广播里已传出了"沱沱河"的介绍。沱沱河是长江的正源，它从格拉丹东山的姜根迪如冰川发源时，是一些冰川、冰斗的融水汇成的小溪流，形成许多密如蛛网的水流，这就是沱沱河上源。沱沱河东流到当曲后，称通天河，过青海玉树的直达门流入四川境内后改称金沙江。我正是从金沙江流经的故乡康藏高原而坐着火车到了源头的。当我拍下一张张沱沱河上源赭红色滩涂和清澈的溪流时，我忽然发现，中华民族母亲河的源头是这么洁净和安详，她不喧哗，滩涂红如母亲的乳晕，流水无声却义无反顾；她的伟大和宽容在寂阒的原野上显得更庄重感人。我同时也想到了刚刚见到过的那些藏羚羊、藏野驴等珍奇动物，它们和母亲河源头相邻，融汇成一首长江源头和谐的歌，不管是母亲还是儿女，都需要最真情的呵护。

拉萨，你早！

拉萨有"日光城"美誉，也许它是世界上海拔最高的城市之一，离太阳好像也近，年日照时数3000小时以上。有人说拉萨的时光流淌得缓慢，在这里，"时间就是金钱"是对不上号的，人们的生活如草原上悠闲的牛羊一样恬适。其实正确的应该是拉萨的白天时间很长。拉萨每天的第一抹晨曦总是比内地早一两个小时，而到了晚上九点，天空还敞亮着，离真正的夜晚还得一会儿呢。所以，在拉萨的天空同时看到日月星辰并不是神话。

到拉萨的第一天早上我就早醒了，不是因为高原反应，我本高原人，拉萨市3658米的海拔高度对我毫无身体不适的反应。是拉萨的早晨让我激动。下榻宾馆的那个典型的藏族服务小姐很有情调地告诉我，拉萨的早晨是从转经筒摇出的辉光中开始的。不知道她是从哪位诗人的大作中看到的这句话，如果是出自她自己，我想她也许就是个天才的诗人呀！

真的应了服务小姐的话，我出了宾馆大门第一个见到的果真就是一位摇转经筒的藏族妇女。这个时辰东边天宇只是曙色初启，拉萨已经从惺忪的睡梦中苏醒了，街道、城市建筑都在天光的辉映下清晰明了，早行的汽车卷起轻微的晨风，而顺时针行走的转经男女们已悄无声息地朝布达拉宫方向走去。那个藏族妇女手中摇动的转经筒很特别，手柄足有一尺多长，红铜裹着的经筒随着她的摇动，果真泛出闪烁的光；她脸上蒙着很大的褐花色口罩，分辨不出多大年龄，但从走路的姿态可以判定是个中年妇女。再注意看，她的前面和身后也有三三两两的善男信女口念六字真言同一方向行走着，也同样是手摇着转经筒或捻着佛珠。在后来的三天里，我发现了拉萨人的很多不同于外地人的特点，他们的转经筒手柄都很长，在我生活的康巴地区，这种长柄转经筒还很少见，佛珠和转经筒几乎是拉萨人手不离的佛器，因为藏传佛教已经成了人们生活的一种方式；另外，拉萨的女性，不管是年老的还是年轻的都喜欢戴大口罩，区别只是花季少女自然口罩色彩比较艳丽，其实原因很简单，紫外线强呀，你看那遍街的男人们不都喜欢戴墨镜吗；再就是有一篇写得非常棒的散文叫《你知道西藏的天空有多蓝》，拉萨的天空的确是蓝得透彻，云团也白得亮眼，原因当然也简单，那就是这里的空气绝少遭受现代工业的污染。在这样神清气爽的高原清晨，谁不感受到心情的愉悦呢！

布达拉宫后面的解放公园是拉萨人早晨爱去的地方，环绕布达拉宫的转经路从苍翠的碧湖边经过；玛布日山脚下的白塔边有煨桑地方，桑烟袅袅，诵经声声。而白塔边的小坝里，来自四川的小商贩已摆起了早市，多是卖的青菜萝卜。波光潋滟的碧湖倒映着布达拉宫雄伟的身影，无数人工饲养的白鹅自由自在地嬉戏玩水。环湖的白玉栏边，有年长的妇女或阿爷朝湖里抛投菜叶或是白馍，引得鹅们欢快地在水上啄食，白翅扇出一圈圈涟漪。而在临街的湖岸小坝，古树掩映，晨起锻炼身体的人们正在大众体育器材上随心所欲地活动。再仔细瞧，还会有一只只悄无声息的白鸽在林丛间、拱桥上寻食，全无惧人之意。

朝阳终于出来了，晨起的人们渐渐散去，代之的是更多的游客们拥向公园、拥向布达拉宫。

我在走出解放公园时遇到一个年老的藏族阿婆，她盘腿打坐在花台边的草地上，嚅动的嘴里念着"嗡嘛呢呗咪吽"，布满百川沟壑的苍老脸上，辉映着朝阳的光华，慈祥的笑意一直凝聚在她眉心。回到宾馆，我的心里就一直留存着这个藏族老阿婆身影，我似乎从她眉宇间的慈祥笑意中看到了什么，可我却无法用贫瘠的语言表达那深蕴的内涵。

拉萨的早晨，平淡中有一种诱人的意蕴！

布达拉宫片羽

可以肯定地说，到了拉萨的人一定会去布达拉宫；诸如我等文人在记述西藏之行时，也一定会将笔端伸向布达拉宫，这些都无可指责，因为布达拉宫差不多成了拉萨的另一个"代名词"。有关布达拉宫的资料很多，随便摘抄星星点点也是一篇短文承载不下的。原因众所周知，因它是藏文化最灿烂的象征，也被视为是整个雪域青藏高原的象征。从松赞干布到十四世达赖喇嘛的1300多年间，先后有9个藏王和10个达赖喇嘛在这里施政布教。从五世达赖喇嘛开始，重大的宗教政治仪式均在此举行。1300多年的历史积淀，岂止是三言两语道得清楚的。正如有一句哲言所说：时间如无处不在的尘埃，缓缓地将世间所有的物事覆盖成为历史，时间呈现的远远渺于它所深埋的。布达拉宫的神秘正是深埋于时间尘埃中不朽的历史。

布达拉宫雄伟的外表早在许多图片媒介上见过，但一进入拉萨市区，第一眼看到布达拉宫，心仍为之一震，它的神圣雄伟仍具有撼人心魄的魅力。那一刻，唯一想到的就是能尽快走进去，领略它的无限魅力所在。这和"不到长城非好汉"有相似的心理。

然而，当我真的走进布达拉宫，我的心思却无法诉说了，面对琳琅满目的历史珍迹实物，面对目不暇接的藏传佛教寺院珍贵的文物，我如走进了色彩绚烂的海底世界。旅人如游鱼，任你恣意遨游，也游不尽布满"珊瑚珍珠"的海底。你的眼前身后，你的左右上下，随处都是令你惊叹的"神话"。建筑、壁画、唐卡、经文典籍、千座佛塔，明清两代皇帝封赐的金册、金印、玉印，绝世的金银工艺品……游览很快就结束了，塞满我脑海里的东西让我好长时间回不过神来。当走出布达拉宫后门，坐在那一排大树的浓荫下休息时，我才开始慢慢地梳理脑海中库存的画面。

这时刻正当晌午将至，阳光慵倦，和风徐徐，看着眼前围着布达拉宫转经的众多善男信女，我听到了金色转经筒汇成的歌谣，在拉萨城的大街小巷飘拂：

> 在那东方高高的山尖，
> 每当升起那明月皎颜，
> 玛吉阿米醉人的笑脸，
> 就冉冉浮现在我心田。

这是六世达赖仓央嘉措的情歌。我听到许多有关仓央嘉措的故事。他是藏传佛教最大的活佛，他是神，同时他也是人。那个大雪纷飞的深夜，他从红山布达拉宫悄然出来会见情人，回程留在雪地上的脚印成为不朽的经典，留驻在人们的心里，对仓央嘉措的崇敬更增添了人性化的神秘色彩，直到今天，人们仍津津乐道，敬佩之情溢于言表。许多来到玛吉阿米酒吧的人，在留言簿上写下了寻找爱情的只言片语：

> 玛吉阿米
> 一个美丽的错过的故事
> 要有多少的缘分才能碰见啊

那个女孩，在佛前求了五百年
才在男孩必经的路上
生成一棵开花的树
什么，什么时候
我们才能碰见心中的玛吉阿米呢

我记起了，在布达拉宫里，我走进了仓央嘉措寝宫。就在宫里的一角，听到一只猫的叫声，这不知是一种巧合还是我思维所致，但我和同伴都看到了那只麻褐色如小豹般敏捷的猫。在汉文化的典故里，猫是文曲星派下凡间的灵物，古往今来，许多文人名家都爱喂养猫，据说猫还能把精文妙语的灵气赋予主人的笔端。如果真的如此，作为藏族著名的浪漫主义诗人仓央嘉措的寝宫里出现灵猫，那是最自然不过的事了。但于我等凡夫俗子，心灵的震荡是不免的了。面对仓央嘉措的金身塑像，我跪拜于地，在我心中，仓央嘉措不仅仅是一个德高望重的大活佛，而且也是文曲星的化身。我在"全国重点保护单位布达拉宫"巨石碑前留了一张影，以此存照，我与仓央嘉措从此"相识"。

八廓街商市

八廓是拉萨的缩影，西藏人都认为，大昭寺和围绕大昭寺的八廓街才是严格意义上的"拉萨"。走进八廓街你才能体会到其中的含意。正如许多人都发现的一个特点，站在布达拉宫顶上看山下的拉萨市区，绿树高楼星罗棋布，唯有八廓街一带彩幡飘扬，正对八廓街广场的大昭寺门前桑烟袅袅。身临其间，你才会知道这里才是拉萨人生活的中心。自然，大昭寺门前随时可见的叩长头的信徒把宗教的氛围渲染得更加浓烈。大昭寺是必然要去

的，因为许多不远万里叩着等身长头来到拉萨的信徒，就因为是
要到大昭寺来一睹释迦牟尼12岁等身佛像。最让我赞叹的是大昭
寺门前两块石碑，一块是著名的唐蕃会盟碑，立于唐长庆三年
（823年），用藏汉两种文字刻写，以示唐蕃世代友好。石碑旁边
有一棵公主柳，据传是当年文成公主亲手所栽。另一块石碑叫种
痘碑，清乾隆五十九年（1794年）立，是专为纪念"天花"这种
病在当时的西藏得以治疗和预防。这两块石碑无疑是向今人展示
了西藏社会文明历史足迹。

八廓街凝聚的是拉萨现实生活的亮点，有两类人在这里最为
忙碌，一是围大昭寺一边行走一边推动排列的那380个转经筒的
人，其中有虔诚的信徒，也有"追风逐浪"的游客，另一类就是
逛八廓街密密麻麻铺展开的商铺的许多游客。既转了经，也逛了
商市，把独特的拉萨生活挺认真地铭刻到了自己心底。

在八廓街逛商市很能激起人的兴致和购买欲。谁不是千里迢
迢万里遥遥来到圣地的呢，难道你会吝啬到一毛不拔？何况面对
八廓街商市上令你大饱眼福的民族工艺品，唐卡、天珠、绿松
石、玛瑙，来自尼泊尔的藏香、披肩、银饰品，炫耀着璀璨夺目
的光华，你也不可能不动心，买一两件雪域高原的纪念品，带几
件回去赠送亲朋好友的小礼品，这该是到拉萨必然要办的事。我
是在拉萨朋友的引荐下来到了一处民族工艺品商店的。老板是我
的"老乡"，因为他也是康巴人。在他手里，我买下了两只绿松
石手镯和木质藏香盒、印度藏香，还有几串木质佛珠。而且第二
天又抽空去了，再一次买下了几件饰品。目的很简单，来一趟拉
萨不容易呀，怕的是"过了这村就没那店"了。"商品意识"在
拉萨人眼里也不是新玩意了，导游小姐曾告诫我们，在八廓街买
东西你得多长个心眼，一般商品价都要拦腰切一刀再切一刀，这
话说得很实在，据说十元钱的小商品，可以砍到两元钱。其实你

注意看那些伸进袖筒里"捏价钱"的藏式交易方式，古老的"藏商"形象会让你觉出拉萨的商市状况有它历史的渊源。

八廓街的服务行业也是颇具特点的，有专门为背包族下榻的旅店。更惹人眼球的是酒吧、藏餐馆、甜茶馆，经过这些店门前，你都会不由自主地啧啧弹舌。来拉萨的当夜，我和索朗仁称就应拉萨朋友之约去了另一个拉萨朋友、搞电影的作家二毛在八廓街开的一家酒吧。布置如"洞穴"般的酒吧很有泥土芬芳的简朴情调。那晚的啤酒一直喝到深夜，热心的拉萨朋友还开着小车带我们到市区街道绕游了一大圈。第二天，我和索朗仁称又专门跑到八廓街那个酒吧吃了非常有特色的藏面片。在拉萨的日子，我们真恨不得所有的地方都跑跑。但更多的时间我们想找一处临街的茶馆慵懒地坐坐，看窗外游人如梭的脚步，体会阳光下拉萨的生活节奏，兴许还会认识几个天南海北的新朋友。只可惜旅行安排是早定好了的，我们都没有更多的时间。

罗布林卡的天籁之音

"罗布林卡"这个词在我的理性认识中是和"踏青、泡温泉"联系在一起的。在我的故乡康定差不多的藏民家庭都有这样的嗜好。每到春暖花开或是夏日骄阳的日子里，很多人家都带着帐篷、食品到野外的山坡树林，或是温泉蒸腾的地方游玩。拉萨的罗布林卡始建于十八世纪四十年代七世达赖当政时。当时这一带都是灌木林，是拉萨河流经故道。七世达赖因患腿疾，常到此洗浴温泉，当时的中央政府知道这一情况，便令驻藏大臣在泉水附近增设了一些帐篷，供达赖休憩诵经，这就是乌尧颇章（帐篷宫）的由来，也就是罗布林卡的前身。现在，这座在西藏规模最大的人造园林被辟为人民公园。它的功能与"踏青、泡温泉"有异曲同工之处。所不同的是罗布林卡并不是能随意进出的，它现在已是"拉萨必游十大景点"之一。买门票进入自不必说，即使进入园内密林草坝，也不是随便能让人私搭帐篷的，更不会让游客随意烧火熬茶的。它所具有的实际内容则是让游人参观旧时修筑的贵族宫殿，新宫内陈列的猕猴变人、松赞干布和赤松德赞的生平事迹、及五世和十三世达赖访问北京等300幅描绘西藏历史的精美壁画。当然，还有领略湖心宫的幽静、古树林的浓荫，都会让人感受到夏日惬意的凉爽。

在陈列殿里，我看到了旧时西藏贵族乘坐的小汽车，据说是当年拆散后运过喜马拉雅山的。这让我想起旧时西康省主席刘文辉在康定坐的汽车也是拆散后运过二郎山的，办法都一样，这令人有更多的想法，那就是青藏铁路的全线通车，把历史的陈迹已远远地抛在了一边。

去罗布林卡是在上午，慵倦的太阳已经让拉萨变得懒散起来。在这样的天气进入浓荫宜人的罗布林卡应该是很惬意的事，甚至令人很自然地想到蝉鸣轻风吹的意境。但罗布林卡没蝉鸣声，树林也不摇动，轻风何在？倒是在这静阒中总觉出有一种冥冥中的天籁之音环绕耳际。实际的声响是捕捉不到的，而这种感觉就来自眼前的"风景"。一只小白兔从灌丛中跳过去了；湖心亭周围的碧水中白鹅戏水；翠竹林中斑鸠悠闲地散着步，全不理会游人的接近……最惹人眼的是那一簇簇、一盆盆艳丽得如彩色水晶似的鲜花。西藏的天蓝水绿，连花儿也娇媚得令人心动。我在花丛中拍照，蜂儿飞来又离去。一只花斑蝴蝶飞落在花叶上，任我怎样拍，它都不飞去。这花斑蝴蝶太有灵性了，甚至我将它停立的花枝轻轻放进花丛间，它也不飞去，直到我拍完了，它才翩翩而去。后来我给同行讲起那只花斑蝴蝶，都笑道，它就是飞来让你拍照呀！从罗布林卡出来时，穿过那片老树林，我终于听到了那种音律,是风儿拂过林梢?又真的像是蝴蝶振翅的声音。那一刻,我站在树下真有点不想离去了。

蓝色纳木错的诱惑

听到萦绕在时间长河中的阵阵悦耳的音符,那是一种带着金属发出的音律。站在海拔4600多米的念青唐古拉山口,看青藏公路在离天空最近的高原上绵延,眼里总出现一个个迎风浴雪的高原汽车司机英气勃勃地驾着铁骑奔驰而去。开旅游客车的司机告诉我,他曾经从格尔木到拉萨只用了一天一夜时间就跑完了1000多公里。这里的公路距离对他们来说是算不了什么的,几百公里远的朋友也常约会一起,就为喝一顿酒。见面时还会若无其事地笑道:不就几百公里嘛,不远!

山口处是一个土石筑就的平台,高高地矗立着一座巨大的银光闪烁的金属雕塑,造型是高高举起的双臂,托举起一个方向盘,基座上镶着:青藏公路建成通车五十周年纪念碑。山口处拂过的风有点彻骨的刺激感,却又让人感到一股无以言说的自豪。看左侧,就是念青唐古拉山脉,起起伏伏的山峦簇拥着白雪皑皑的主峰,就像无数白雪小人拥戴着一个慈眉善目的白发老人。念青唐古拉山全称为"大亲眷光明大神";它的名气早就传到世界各地,因为"第十一届亚运会"的圣火就在此山上采集。而今天要去的纳木错与它也有渊源。在传说中念青唐古拉山和纳木错是一对多情夫妻,神山圣湖,长相厮守,美丽而动人的故事世代相传。那萦绕于时间长河的音律原来是眼前的金属纪念碑发出来的呀!而弹奏的歌手是来自雪山经年不衰的山风。

是在介于念青唐古拉山公路口与纳木错之间的拉根拉山口体会到雪风刚硬而带着英气的抚摸。至少在这个海拔5190米的山口上，我的心底顿生出一股自豪，这是此生我所到达的最高海拔处，而我丝毫没有身体的不良反应。风吹动着山口石碑周围的彩色经幡，猎猎飘动的经幡犹如是那金属音乐的协奏。望远远近近山岗草原，宁谧中透露出生机勃勃的景象，心思随之感到旷达而惬意。

顺拉根拉山口而下，就是纳木错湖畔草原。原野、草滩上点缀着白色的羊群和黑色的牦牛群，而静卧在远处唐古拉山脉北麓下的纳木错恰如一块硕大的天然蓝宝石，雪山成为装点她的美丽裙裾。纳木错意为"天湖"，是世界上海拔最高的咸水湖，它的面积约1920平方公里。藏民习惯"马年朝山，羊年拜湖"，据说羊年的纳木错，是朝圣拜湖的信徒必来之处。两天前，还在来纳木错之前，我在火车上就见过另一个高原湖泊措拉湖。青藏铁路就从措拉湖边贴身而过，最近处只有十多米远。措拉湖和纳木错相比较，除了面积400多平方公里不能相比，其余却各有特点。措拉湖是高原上为数不多的淡水湖，它的湖水在天光的映照下，层次分明，淡绿、浅蓝至深蓝，色彩层层叠叠，别有一番风韵。而纳木错是咸水湖，也许正是溶于湖水的矿盐让水质产生了浓浓的变化，整个纳木错给人的感觉就是深蓝如碧，蓝得化不开去似的，加之面积颇大，站在扎西半岛上，你就是面对着硕大无朋的蓝色宝石。来纳木错的游客最喜欢的活动有两样备受推崇，连导游小姐也不忘事前告知游客，那就是来之前带一根白色哈达敬献给圣湖；另外就是装一瓶纳木错湖边如小米粒一般的沙石带回去。哈达是要坠着石块投进湖水中的，而长年累月游客不断，如此下来会有多少瓶沙粒带出纳木错呀！想想在措拉湖边所看到的路基两侧各8公里长、50米宽的人工碎石列阵，那就是为了防风固沙而建的工程。其实上述两种游湖之举是不应该提倡的。文友罗伟章先生在西藏之旅的回忆录中写道："进入西藏，感觉离圣洁近了一步；圣洁并不复杂，干净就行。"其言颇值得思索。索朗仁称也感慨地说："圣洁的人间仙湖纳木错，更是令追求名利的凡夫俗子们羞愧不已，碧蓝通天的涟漪，洗涤着我们深隐心底的龌龊，掬一捧透明的水，浸掉遮挡眼睛的污秽。"蓝色纳木错的诱惑是属于心灵的。

在距离纳木错不远的一家藏族牧人的黑牛毛帐篷前，我遇到一个身穿羊皮长袄的牧羊小姑娘，她的右手臂半脱于羊皮袄处，里面穿着一件红色长袖衫。她坐在帐篷前，一只手捂在嘴上，正有一支轻盈的曲调从她口里飘出来，那歌声尖细悦耳，贴着草尖飘出去，又随着湖水微波荡漾开。虽然听不懂她唱的什么词儿，但分明能感受到她唱的一定是与"天湖"周围的美丽草原有关，因为她脸上可心的笑意已将心中的秘密告诉了你。

沿着雅鲁藏布江行履

一天的好心情是随着拉萨清晨升起的明媚太阳开始的。还在市区的加油站，太阳的光影已经装扮了加油站后山那一片造型特别俊秀的奇峰。离开拉萨市，旅游大巴便行驶在沿雅鲁藏布江畔而去的后藏公路上。

还在孩童时代就常听到两首歌与这条江有密切关系，一首歌是这样唱的："喜马拉雅山呀，再高也有顶；雅鲁藏布江呀，再长也有源……"另一首叫《洗衣歌》，歌里唱道："雅鲁藏布江水清又清，我帮亲人去洗衣……"是一首歌颂军民一家亲的歌曲。四年前，该歌作曲家罗念一先生到康定来参加康巴文化研讨会，在专题发言中又一次唱起了这首歌，感慨之情随着作曲家的激情飞扬，那时候就真想一步踏上雅鲁藏布江岸头，一睹江水的奔流长歌。

这条江所流经的后藏地区江面其实很宽阔，并不是我想象中的奔腾咆哮一往无前的气概。坐在大巴上一路观看，平缓处江面微波扩展，如抖动的绸纹。沿江岸最引人注目的是一片片、一丛丛人工造的树林。江水滋润了沿岸树林的活力，江风将那一处处绿意摇动得袅袅娜娜。沿江的农田平展铺开在宽阔的江湾处，起伏如驼的江岸赭色的山峦起伏，如带的白云就环绕在那些并不高的山腰间。江岸除了那些沃土良田，就是绿得浸油的草滩，有牦牛、羊群闲遛在草丛间。后藏丰润的土地是雅鲁藏布江水滋润过的，所以导游告诉我们，后藏的农业、畜牧业都是很有名的，历史上，这里的农畜产品就一直可以销到印度、尼泊尔地区。在日喀则郊外，我们的大巴在临时改道的土路上绕行约5公里，当行至公路交界处，陡峭的坡道使大巴车陷入泥地，公路一时中断。武警日喀则支队上尉连长带着几十个武警战士赶来，用军用卡车拉起大巴重上公路。几乎所有的旅客都向武警官兵致谢，都感慨道：还是亲人解放军好呀！据说在西藏这块地方，"有困难，找金珠玛米"与内地"有困难打120"含意一样。在西藏，人民子弟兵所起的让社会安定、和谐的作用随处可见。

日喀则最大的亮点就是去扎什伦布寺。该寺是藏传佛教格鲁派的六大寺庙之一，也是该派在后藏地区最大的寺院。寺内的强巴佛殿是整个寺庙最引人注目的大殿，供奉着1914年九世班禅主持铸造的鎏金青铜强巴佛像，据说是900个工匠花9年时间完成的世界最大铜佛坐像。还有就是十世班禅灵塔殿内存放着1989年圆寂的十世班禅大师的遗体。我曾于1988年去北京学习时专程到班禅北京行辕去拜见大师，遗憾的是当时恰好班禅大师因公事去了天津。年底和我一个单位工作的"班禅画师"向秋先生特意带回班禅大师送给我们单位每个同志的"吉祥颂旺"（一种由大师亲自打结的红丝线）。一年后，十世班禅圆寂了。这次能到扎什伦布寺也是我的心愿。我在十世班禅灵塔前顶礼膜拜，我不是藏传佛教信徒，但对班禅大师的尊敬，我此时的心虔诚得甚如信徒。寺里两个喇嘛看到我颈上戴着"吉祥颂旺"都朝我伸起大拇指。十世班禅大师"打结的颂旺"他们都认识，我有一种荣幸感深藏于心底。在扎什伦布寺里，一只白鸽从我眼前飞到藏式窗棂上停下了，我举着相机朝它拍了两张，正如我在拉萨罗布林卡拍摄那只花斑蝴蝶一样，这只白鸽也不飞走，在我心里它也一样具有那种灵感。十世班禅和"和平鸽"似乎真的有通灵之处，那一刻，我望着头顶的白鸽心潮无端地在起伏。

从日喀则回程已是黄昏时分，车从曲水大桥头经过，桥对岸穿过公路隧洞就是明日我们返程要去的贡嘎机场，右走就是羊卓雍湖。曲水大桥下的江面倒映着桥的倩影，倒映着蓝天白云，晚霞的绯红也染进了江水中，那令人心动的景象深深地印进了我的脑海中。

雅鲁藏布江水带着无尽的思恋永远留驻在我心里！

东北行记

长白山小记

行前就想到一定要上长白山。待站在长白山公园三维地形沙盘前，仍然止不住心旌摇荡。这是一个模拟长白山全景沙盘，让人想到战时指挥人员站在沙盘前的情景。我很自然地想到了抗战时，东北抗日联军战斗在"白山黑水"间的传闻。

长白山是作为中国十大名山之一并与五岳齐名，风光秀丽、景色迷人的关东第一山，是国家首批4A级风景区，因其主峰白云峰多白色浮石与积雪而得名。走进长白山，就是走进雄浑和博大的天地。以长白山天池为代表，集瀑布、温泉、峡谷、地下森林、火山熔岩林、高山大花园、地下河、原始森林、云雾、冰雪等旅游景观为一体，构成了一道亮丽迷人的风景线。

著名的长白山天池位于长白山主峰火山锥体的顶部，是我国最大的火山口湖，荣获海拔最高的火山湖吉尼斯世界之最。天池四周奇峰林立，池水碧绿清澈，是松花江、图们江、鸭绿江的三江之源。从天池倾泻而下的长白飞瀑，是世界落差最大的火山湖瀑布，它轰鸣如雷，水花四溅，雾气遮天。位于冠冕峰南的锦江瀑布，两次跌落汇成巨流，直泻谷底，惊心动魄，与天池瀑布一南一北，遥相呼应，蔚为壮观。

据说，天池原是太白金星的一面宝镜。西王母娘娘有两个花容月貌的女儿，谁也难辨姐妹俩究竟谁更美丽。在一次蟠桃盛会上，太白金星掏出宝镜说，只要用它一照，就能看到谁更美。小女儿先接过镜子一照，便羞涩地递给了姐姐。姐姐对着镜子左顾右盼，越看越觉得自己漂亮。这时，宝镜说话了："我看，还是妹妹更漂亮。"姐姐一气之下，当即将宝镜抛下瑶池，落到人间变成了天池……还有一个传说，说长白山有一个喷火吐烟的火魔，使全山草木枯焦，整日烈焰蔽日，百姓苦不堪言。有个名叫杜鹃花的姑娘，为了降伏作孽多端的火魔，怀抱冰块钻入其肚，用以熄灭熊熊大火，火灭后山顶变成了湖泊。

天池略呈椭圆形，形如莲叶初露水面。据《长白山江岗志略》记载："天池在长白山巅的中心点，群峰环抱，离地高约20余里，故名为天池。"天池实际湖面高度为2194米，是我国最高的火口湖，不愧"天池"之称。天池的湖水面积为9.8平方公里，湖水平均深度204米，最深处达373米，是我国最深的湖泊。全国妇联副主席洪天慧曾写天池诗句：自是清幽远俗乡，凌空明镜世望长。东华天府藏多少，汉晋诗文唐宋章。

按主人的安排，我们分两天游览长白山。头一天就让我见到了自牛郎渡凌空而降的天池飞瀑，真不愧"银河落九天"的气魄。在四季水温不变的聚龙温泉群，我受主人之请，尝了一个"温泉鸡蛋"，其实就是我家乡风景区被称作"豆花蛋"的东西。在长白山最让人感慨的就是天池了，两天来，我们分北坡、西坡两次站在了天池的危岩边，在中朝友谊五号界碑旁感想万千。

第二天一早，我在二道河的虎林大厦招待所见到了长白山日出。那又大又圆的太阳从长白山林梢上升起，染红了大半个天空，那博大宏伟的气派使人感到了一种情不自禁的人生自豪。到东北，你不见识日出的宏伟，那真是白走一趟。东北日出早，差不多我们西南的人还在梦境里，东北已是清晨。这地方，日照长，雨水足，出产富饶，被誉为我国大粮仓是当之无愧的。

集安游

先前并不知道集安这个地方，待看到有关集安的资料介绍后，竟有一种迫切想前往的心情。集安市是吉林省通化市下辖的一个县级市，是古代高句丽王国的都城所在地。原名辑安，位于吉林省东南部的长白山脚下、中国和朝鲜的边境线上，是中国对朝鲜三大边境口岸之一。

到集安必然要去参观将军坟。将军坟是高句丽第二十代王长寿王的陵墓，建于公元五世纪初，长寿王继位之时。将军坟早年被盗。清同治末年，中原灾民出关谋生，进入长白山封禁区，见此墓宏伟壮观，以为镇守边关的将军之墓，讹传之为"将军坟"。将军坟北依龙山，西靠禹山，东南有鸭绿江，前面是开阔的坡地，朝向好太王碑，遥望高句丽王国都内城。地势优越，建筑恢宏。据文献记载，高句丽共经705年，28代王。其中，应有18座王陵分布在集安洞沟古墓群中。将军坟是现已确认的王陵中保存最完好的一座。

对于高句丽的认识，很多外地人都是从参观好太王碑开始的。好太王碑是高句丽第十九代王"国冈上广开土境平安好太王"的墓碑。亦称广开土王陵碑。好太王碑建立于东晋安帝义熙十年（414年）。是用一整块角砾凝灰岩稍加修凿而成，略呈方柱形。这种石料多见于集安和鸭绿江边。好太王碑高6.39米，幅面宽1.3～2.0米不等。高句丽工匠们修凿成形以后，将它立起来，然后书写、镌刻。四面环刻汉字碑文，碑文为汉字，大小在9～10

厘米左右，为方严厚重的隶书，也保留部分篆书和楷书，形成一种方方正正的书法风格，是我国书法由隶入楷的重要例证之一。

好太王碑文大体分为三部分内容：第一段记叙了高句丽建国的神话传说；第二段是好太王一生东征西讨、开拓疆土的战事和军事活动；第三段铭刻了好太王的守墓烟户，国烟30户，看烟300户，共330家，国烟的身份比看烟的身份略高，成为高句丽社会什伍制度的缩影；对于研究高句丽的社会生活及王族丧葬制度具有十分重要的意义。

高句丽政权灭亡后，高句丽民族逐渐被其他民族融合、同化。特别是清初清政府对长白山区的封锁，加之史籍记载的缺失，辉煌的高句丽文明没于历史长河之中。100多年前，好太王碑被发现确认后，高句丽曾有的灿烂文明重新为世人所认识。

后来，人们在研究高句丽的文明史时，还发现古代很多名人雅士也有笔触高句丽的文字记录。如唐代诗人李白就曾留下《高句丽》一诗：金花折风帽，白马小迟回。翩翩舞广袖，似鸟海东来。

当晚，集安市政府请我们看了歌舞《梦萦高句丽》，加深了我们对我国古代东北的少数民族地方政权的了解。

翌日赴鸭绿江，我站在鸭绿江大桥上，看着火车铁轨伸向对岸朝鲜人民共和国，当年，中国人民志愿军第一支入朝参战部队就是从这里进入朝鲜战场的。鸭绿江是中朝友谊的见证。在两天后的长春如意坊酒店，我真的听到了从朝鲜来中国长春打工的几个朝鲜籍姑娘用汉语演唱的《志愿军进行曲》：雄赳赳，气昂昂，跨过鸭绿江……

在离开东北的飞机上，我想起了朋友对我说的"早知有集安，何必下江南"的话，集安人该自豪，"长白山下小江南、中朝界河鸭绿江、神秘文化高句丽",三张品牌构成了特色鲜明的生态风光游、人文古迹游、边境风情游三位一体的旅游格局,颇值得游客关注。

长春印象

对于东北的印记，缘于少年时对《林海雪原》的阅读，冰天雪地、莽莽林海的景象在头脑里一直挥之不去。其实，东北大着呢！黑龙江、吉林、辽宁三省，统称我国东北地区。此行恰恰去了吉林，首站便是吉林省长春市。长春，顾名思义，与先前头脑里长存的印象相去甚远。也许正是8月的好日子，让我充分领略了长春诱人的美色。汽车在吉林的大地上飞奔，公路两旁铺展开的野花绚丽多彩；充分享受着阳光雨露滋润的大地、山丘，肥沃的土地和茂密的森林让人心旷神怡。特别是每天凌晨三四点钟就跃出天际的红太阳，又大又圆，红彤彤地照耀着东北大地的山山水水，生存在地球上的人生自豪感便油然而起。这片热土给人的美好遐思实在太多了。

世界雕塑公园

长春世界雕塑公园是国家首批20个国家重点公园之一，它位于长春市南部，人民大街以南，总占地面积92公顷，是自然山水与人文景观相融的一座现代化城市雕塑公园。其间的世界东西方文化、中国传统与现代文化及艺术，充分体现了它的永恒主题"友谊、和平、春天"。《友谊、和平、春天》是由我国雕塑家叶毓山等人创作完成的大型主题雕塑，主雕近30米，造型精美，气势壮观；分别由三位少女和五大洲民族风情人物、动物组成，极具震撼力，它象征着五大洲人们高举和平旗帜，劲奏友谊强音，喜迎美好春天，为人类共同繁荣和幸福走在一起。近万平方米的雕塑艺术展览馆是长春世界雕塑公园内的主体建筑，匠心独具的新颖构思、优美的曲线与直线相结合的造型本身就是一座巨大的现代雕塑艺术品。而在雕塑艺术馆里，我不仅看到了许多来自国外艺术家的作品，也看到了最具中国文化精髓的作品，如红军题材，还有藏族题材作品等，涉及面之广是我没想到的。每两年一届的长春国际雕塑展更为长春赢得了"雕塑城"的美誉。集五大洲212个国家和地区396位雕塑家的440件作品于一园。这些作品材质不同，风格各异。反映爱斯基摩文化、玛雅文化、毛利文化、东方文化、印度文化，写实的、抽象的、现代的及后现代主义的，整个雕塑公园以其作品涵盖面广、风格多样、材质丰富，充分展现出了它的世界性。

参观雕塑艺术馆犹如走进世界艺术殿堂，让人陶醉，也让人思考。而你走出艺术馆，面对公园正大门塑立的那尊《思想者》雕塑时，你会情不自禁地为之深深感动。

伪满皇宫

伪满皇宫是我国至今所保存较完整的宫廷遗址之一，在历史渊源上与沈阳故宫、北京故宫有着密不可分的联系。伪满皇宫本身的性质是中国封建社会最后一代君主溥仪充当伪满洲国傀儡皇帝的宫廷遗址，是日本侵略中国东北、炮制伪满洲国并进行殖民统治的历史见证。

这座伪满皇宫位于吉林省长春市东北角的光复路上，占地面积12公顷，是伪满洲国傀儡皇帝爱新觉罗·溥仪的宫殿，他在

1932年到1945年间曾在这里居住。伪满皇宫的主体建筑是一组黄色琉璃瓦覆顶的二层小楼，包括勤民楼、缉熙楼和同德殿，这三座小楼风格独特，是中西式相结合的格局。

伪满皇宫可分为进行政治活动的外廷和日常生活的内廷两部分，现分别辟为伪满皇宫陈列馆和伪满帝宫陈列馆。外廷（皇宫）是溥仪处理政务的场所，主要建筑有勤民楼、怀远楼、嘉乐殿，勤民楼是溥仪办公的地方。此外还有花园、假山、养鱼池、游泳池、网球场、高尔夫球场、跑马场以及书画库等其他附属场所。内廷（帝宫）是溥仪及其家属日常生活的区域，其中缉熙楼是溥仪和皇后婉容的居所，是日常起居之处；同德殿是"福贵人"的居所，另外还设有一些娱乐设施。如今，帝宫的一部分已辟为吉林省博物馆，展出高句丽、渤海、辽、金等在东北建立的封建王朝的史料。

伪满皇宫博物院是建立在伪满皇宫旧址上的宫廷遗址型博物馆。以伪满时期的文物、文献、图片资料为主要收藏对象，以日本侵占我国东北历史、伪满洲国史、伪满宫廷史为主要研究内容，以伪满洲国皇宫旧址为载体，以陈列展览为手段，通过举办《伪满皇宫原状陈列》《从皇帝到公民》《勿忘九一八》等基本陈列和专题展览，揭露日本武力侵占中国东北，推行法西斯殖民统治的罪恶以及以溥仪为首的伪满傀儡政权卖国求荣、效忠日本、甘当儿皇帝、奴役残害东北人民的罪行；展示溥仪及其"后""妃"被扭曲的宫廷生活。

中国近代历史上，1931年"九一八"事变后，长春沦为日本的殖民地，直到1945年日本宣布无条件投降，伪满洲国随之垮台。长春现存的众多伪满遗址是日本军国主义武力侵占中国东北，推行法西斯殖民统治的历史见证。长春因此称得上是一座爱国主义教育的城市。

"中国一汽"

中国第一汽车集团公司简称"中国一汽"，总部就位于长春市，前身是第一汽车制造厂，毛泽东主席题写厂名。一汽1953年奠基兴建，1956年建成并投产，制造出新中国第一辆"解放牌"卡车。1958年制造出新中国第一辆"东风牌"小轿车和第一辆"红旗牌"高级轿车。一汽的建成，开创了中国汽车工业新的历史。经过50多年的发展，一汽已经成为国内最大的汽车企业集团之一。现有员工13.2万人，资产总额1340亿元。形成了立足东北、辐射全国、面向海外的开放式发展格局。改造并建设了一汽解放卡车新工厂、一汽轿车新工厂、一汽大众轿车二工厂、天津一汽丰田轿车二工厂等新工厂，形成了先进的生产制造阵地。自主研发与企业核心竞争能力不断提升，形成了卡车、轿车、轻微型车、客车多品种、宽系列的产品格局。拥有解放、红旗、奔腾、夏利、威志等自主品牌和大众、奥迪、丰田、马自达等合资合作品牌。

到长春不去一汽看一看肯定会遗憾的。到了那里，我才明白了什么是中国工业。在自动化装配线车间里，我眼看着一辆辆簇新的轿车走下流水线，那先进的工艺流程蔚为观止。中国真的很伟大！由衷的情感发自内心。

一汽产销量连续多年居中国汽车行业之首，2004年企业年销量率先突破100万辆，树起了中国汽车工业发展史上的里程碑。2007年，一汽实现销售143.6万辆，实现销售收入1885亿元，列世界500强第303位、中国企业500强第14位；世界机械500强第49位、中国机械工业500强第1位；中国制造业企业500强第2位和2007年度"最具影响力企业"第2位。"中国一汽"以605.78亿元的品牌价值位列国内汽车行业第一。

参观一汽出来，我看见长春市宽大笔直的大街上奔驰的各色汽车，很多都是一汽制造的。陪行的向导开玩笑地告诉我们，长春城里的姑娘最想嫁的就是一汽的小伙子；这应该也是一汽人自豪的一个侧影。当然让人想得更深的则是中国现代工业的飞速发展让我们看到了祖国美好的明天，这也正是一汽人"人·车·社会和谐发展"的高尚目标。

净月潭

净月潭国家森林公园位于长春市东南18公里处，是以净月潭水库为中心建设而成的旅游区，因水库呈弯月状而得名"净月潭"，2000年被评为国家4A级国家旅游景区。

净月潭国家森林公园面积为90多平方公里，其中水域面积为4.3平方公里，森林覆盖率达到80%以上，净月潭公园内的森林为人工建造，浩瀚的林海依山布阵，茂密而壮丽，和净月潭水域相映生辉，构成了完整的森林生态体系，堪称"亚洲之最"。

在净月潭国家森林公园中既有历史人文遗迹，又有自然风光，还有现代娱乐等多处旅游观光和娱乐景点，主要分布在净月潭的北面，著名的有碧松净月塔楼、沙滩浴场、避暑山庄、鹿苑、北普陀寺等，在净月潭的南面还有圣诞乐园、高尔夫球场、森林浴场、滑雪场、赛马场等。

净月潭国家森林公园因位于我国东北地区，仍以其滑雪场最为出名，因距离长春市区非常近，被誉为"城市中的滑雪场"，其雪道面积约5万平方米，有初、中、高、越野等五条雪道，可同时容纳2000多人滑雪；另外，游客还可乘坐公园中的管轨滑道，穿梭于林海之中，可怡人心情于万绿之中，甚是有趣。因为此行是在夏天，滑雪场数万平方米的道上仍是绿草茵茵，与两旁的森林融汇一起。但并没让人产生"无雪道"的遗憾。据资料介绍，我们主要参观点"森林浴场"占地就有30公顷，柏翠花艳，碧波荡漾的景点内空气含氧丰富，负氧离子高于市区内400倍。由于植物挥发物质有助于空气电离，这种"离子化空气"对促进人体新陈代谢、提高免疫力有良好作用。不用说，身处这样的环境中，神清气爽，让人的精神也顿感饱满，生态环境对人的生存重要性不言而喻。

从净月潭公园出来，长春这座城市的美好印象便挥之不去地烙在了我心里。遥遥数千里，也许这辈子难有机会再去那儿了，但我深深地铭记着它。

黄龙镇寻觅幽古情

黄龙溪东临锦江，北靠牧马山。古人云"黄龙渡青江，真龙内中藏"，据此而得名。蜀中自古地杰人灵，一方水土养一方才，此地可见一斑。

黄龙溪古镇内，明清时代的建筑栉比鳞次，保存完好。青石板铺就的街面，木柱青瓦的楼阁房舍，镂刻精美的栏杆窗棂，都给人以古朴宁谧的感觉。镇内还有六棵千年大榕树，枝繁叶茂，雄浑苍健，平添了古镇许多灵气。镇江寺、潮音寺和古龙寺三座古庙幽深的老街，弯弯曲曲，街道两旁有众多小饭店，门前大多飘着一面蓝底白字的酒旗招幌。古镇上，最有特色的还有它的茶馆，路两旁、河堤上、竹林下，展开的竹台、竹椅、竹凳，还有花花绿绿的太阳伞，成为古镇上一道诱人的风景。坐进古旧的竹椅，"吱吱呀呀"的摇椅声伴随着小河流水中如诗如画的渡船的摇曳，闲暇的感觉让人心旷神怡。

古龙寺已有千年历史，那些雕梁画栋的幽古之物带着历史的深深印迹。牌坊上的"明时宝刹元时树"指的就是古龙寺和寺内及镇内的老榕树了。黄龙古镇上有六棵大榕树，树龄均在千年以上，其中古龙寺内的这棵榕树需十几个人才能合抱，树叶覆盖的面积可以达三四百平方米。冬日的榕树没有了青枝绿叶，那树干依然雄浑厚重，那枝丫依然苍劲。古老的木质建筑，古老的寺庙，加上遮天蔽日的古榕树，构建了黄龙溪的古风。

　　寺内有树，树内有寺，是古龙寺的一大特点；且有"三县衙门"也建在寺内，三县指的是华阳、仁寿和彭山。历史上黄龙溪属"金三角"地带，民事、经济纠纷、匪患困扰三县，所以设了三县衙门，也就是今天说的办事处来管民事、水政及匪患。

　　黄龙溪历来就是成都南面的军事重镇，据资料说：蜀汉时，诸葛亮南征，曾派重兵把守于此，结果战败，加速了大蜀国的灭亡。黄龙溪原名永兴场，原址在府东岸的立新村境内，毁于一场大火，故又名火烧场，后迁至府河两岸建场，由于旧时水运交通发达，外来商客增多，经济文化繁荣，航运上达成都，下通重庆，是水路运输的重要码头。解放后，由于陆路交通事业的迅速发展，使水路运输逐渐中断，城镇一时变得萧条。现在，码头已不再担负历史任务，但码头依然热闹，有游船供游客享受休闲和去对面寺庙祭拜。从上河街走过，尽头是镇江寺，镇江寺与古龙寺左右两端，街如扁担，两寺庙如挑起的担子，潮音寺在主干街旁，于是有了"街中有寺，寺中有街"之说。

　　黄龙溪镇是一个集山、水、城于一体的水乡城市，锦水环绕，廊坊式古典建筑融入其中，真可谓：白鹭伴棹歌，古榕绽新绿，一泓春情倾碧水；黄龙腾空舞，磬声忆旧夕，二水交融挽古镇。既突出了川西平原的建筑特色，也体现了古人依托自然、亲近自然、天人合一的人居环境。

川北蓬溪行草

有三个原因促使我应约去川北蓬溪县采风，其一，"故乡情结"所使然，我虽土生土长康巴高原人，但父母却是川北乡下人，于三四十年代才移居康巴高原，故自诩祖籍乃是川北当不假；其二，国道318线横穿蓬溪，也从康巴高原横穿入藏，真应了世界其实很小，"千里姻缘一线牵"，是国道318线将我和蓬溪拉在了一起；其三，蓬溪正致力于旅游文化的发展，而发展康巴文化正是我倾力为此十余年而乐于做的工作，共同的心愿都是为了发展本地区文化，对话一定很合味。因之，我来了蓬溪。

到蓬溪有两个地方是必然要去的，一就是中国道家文化最为吸引人的高峰山；二就是二十世纪就被公布为四川省第一批文物保护单位的宝梵寺。当然，对中国传统文化的关注，还不得不让人记住，蓬溪县在本世纪初就被中国文化部社会文化图书馆司授予"中国民间特色艺术（书法）之乡"称号。

高峰山海拔547公尺，相对于经常出入于康藏高原雪线上的我来说，此山算不得"高"，然而涉足此山，我却感到了"小巧玲珑"的诱惑。"山不在高，有仙则灵"，高峰山自然就灵在始建于初唐，重建于清末，极盛于民国的道观"广教寺"。而其中被誉为"八卦迷宫式古建筑群"是最大特色。据资料介绍：整个道观建筑按先天八卦中的乾、坤、坎、离四大主卦布局，内有大小门400多道，分有生门、死门，联结厢房230余间。殿、馆、堂、亭纵横毗邻，楼、阁、台、榭上下环绕，斗拱飞檐交错穿插，暗道机关遍布其中。四卦相生相连，深蕴道妙玄机，自成迷宫仙境。

与同伴"穿行其间"，回廊玄梯起伏交错，行不多久便有头晕目眩之感，不得不叹服"迷宫"的机巧，名副其实。另一个引人注目的就是随处可见的古匾楹联。资料统计，从清末至今，高峰山寺庙中陈列有军政要员和地方名士题署的匾额300余块、楹联40余副；其间称得上是历史名人的题赠极多，所汇集的文人资源可谓十分珍贵。

高峰山另一个颇值得关注的就是前年由成都雕塑设计院、著名石雕艺术家赵德阳负责制作的高达36米的老君石塑像。在高峰山西北山麓，这座国内道教最大神像，确有"老子天下第一"之称。据说此雕像共用了19999块石料，下山底再回头望，高高的"老子"仍凌云而坐，在身后苍松翠柏的映衬下显示出庄严的神圣。

其实与同伴们所感不同的是对于高峰山周围田畴院落的观望。出道观外一处石梯"穿行"而下的长台地，视线会豁然开朗。这处如牛舌状的黄泥土台地，两边是矮状松柏，边沿不经意地长着一蓬蓬的草丛，因是冬季，草自然已呈枯黄状，却带着一股说不清道不明的沧桑感露示于苍穹下。走到台沿的孤亭前，望山下起伏的丘陵田院，田湖波光水漱，农家炊烟袅袅，田边白鹅戏水，便让人想到父母当年不上高原，我辈岂不也在如此田院光景中生存吗？这一份田院情结今生是梦中见过，如今也亲眼看到，血管里流淌的血液便有更深的亲和感。

二日上午又去宝梵寺，更惊叹于该寺尚存的天王殿、大雄殿、观音殿等全是典型的明代建筑，且保存基本完好，据说目前国内已不多见了。待进了大雄殿，观看古时壁画，更是让人震惊。此处壁画被专家评价为"蜀中明代壁画的代表作",其声誉远传海内外。赋名为《西方境》的壁画均采用工笔重彩技法,专家称其"所画菩萨,形与神兼备,既带有唐、宋风格,又发扬了民间传统绘画的艺术格调"。我便老想起去年曾在康巴高原甘孜县著名的藏传佛教寺院东谷寺所见到的一幅明代唐卡藏画,该唐卡藏画虽画于绸布上,其技法、布局皆和宝梵寺壁画有"异曲同工"之处。待后来问起画界懂行朋友,方知道确有共同之处。出得宝梵寺,见山门内侧一副对联让人久存于心,正好道出了此间深蕴的内涵,上联是:阅尽人间春色惟我蓬莱风光好;下联是:拾掇天下丹青争夸宝梵画笔雄;横批:画苑仙踪。

由此自然也引发我想起这里被称为"中国书法之乡",其民间应当是艺术之境随处可见了。似乎是为了印证我的想法,中午果真就让我走进了这家自名为"东篱苑"的农家接待院。该院独特就在于它所显示出的浓郁的民族文化风韵,院围竹笼围墙,门楣上匾书"东篱苑"三个大字尤为引人注目;右联是:山馆迎俗客,左联:野茗醉墨樵。右门侧墙上狂笔泼墨国画:《秋菊图》;再图左,麻石上刻镌红漆草书"天池"二字,让人禁不住浮想联翩。院内院外各一茅草顶矮房;院内的茅草屋顶下实则是一水泥现代房,也是这家营业的饮食场所,内里窗明几亮,白墙上是字墨国画,玻璃上也是书法字墨;更让人惊诧的是院内两间卫生间也是古汉砖拱洞修筑,可见老板绝非"村野之夫"。果真他来了,小胡子,穿一件紫红唐装,言行间便显露出文人墨客的风范。此老板姓吴,单名"玝"(读音jǐ),原本就是画家,特别是对根雕艺术有独特长处。我跟随吴老板去了院门外名为"天池"的茅屋,草蓬竹栏,石阶画壁,真的是一处艺术集汇之处。门前一对石狮,左边置一男性造型根雕,大有"扬臂朝天行"之状;右边置一"手舞足蹈尽显女性温情"之根雕塑像;膝下一学步爬行小儿，构成母女情趣图。而茅屋中却是艺道作坊，各式根雕设置有道，书法墨宝更是悬挂引人；其中一个名为"麒麟"的根雕形神皆备，听吴老板介绍，这就是曾获得过全国艺展二等奖的根雕作品。

出得"天池"茅屋，看眼前田院幽静，青峰起伏，便想到这民间艺术不正是源于广袤的乡间原野，走进艺术殿堂的吗?! 蓬溪的民间艺术有它深厚的根。

离开蓬溪，我在心里说，我还会来的，因为这里历史悠久的传统文化让我如痴如醉。

穿越历史的烟尘

剑 门 关

原本就是冲着"剑门关"去的。行前，就颇为感慨地拜读了唐朝大诗人杜甫的《剑门》：

惟天有设险，剑门天下壮。连山抱西南，石角皆北向。两崖崇墉倚，刻画城郭状。一夫怒临关，百万未可傍。珠玉走中原，岷峨气凄怆。三皇五帝前，鸡犬各相放。后王尚柔远，职贡道已丧。至今英雄人，高视见霸王。并吞与割据，极力不相让。吾将罪真宰，意欲铲叠嶂。恐此复偶然，临风默惆怅。

脑子里深刻着"烟雨剑门关"傲视天下的千年雄姿。没承想涉足剑门关却有点失望，因剑门景区正密锣紧鼓地打造中，原有的遗址和以后移址剑山右崖下的门楼均不见踪影。危岩耸立的峡谷中新筑尚未竣工的景区公路沿线泥泞不堪，随处可见还没安置妥当的古代勇士兵马的巨型石雕。巍峨剑门，扼入蜀的咽喉，由于它地势险要，历来为兵家必争之地。眼前这些石雕兵勇让你一下就想到这里所发生过的冷兵器时代的战争，于潇潇山风中也似乎听到摇旗呐喊的历史回音。三国时期，蜀丞相诸葛亮率军伐魏，路经大剑山，见群峰雄伟，山势险峻，便令军士凿山岩，架飞梁，搭栈道。诸葛亮六出祁山，北伐曹魏，曾在此屯粮、驻军、练兵；又在大剑山断崖之间的峡谷隘口砌石为门，修筑关门，派兵把守。当年魏军镇西将军钟会率领十万精兵进取汉中，直逼剑门关欲夺取蜀国，蜀军大将姜维领三万兵马退守剑门关，抵挡钟会十万大军于剑门关外。真可谓："一夫当关，万夫莫开。"据介绍原古关城楼是三层翘角式箭楼，阁楼正中悬一横匾，书"天下雄关"，顶楼正中的匾额题有"雄关天堑"。可惜，这座历经千余年的雄伟古关楼，在1935年修筑川陕公路时被全部拆毁，仅存一块长方形"剑门关"石碑。于1992年在原关楼旧址上重新修建的仿古式关楼，后又焚于一场大火。再次移址修的关楼位于右崖下，却也于今拆掉。景区开发拟重建关楼于原址。历史风云除却了刀枪剑棍的打杀，也给烟尘中的关楼赋予难忘的记忆。我站在石碑前眺望剑山峭壁绝崖，身后的关楼荡然无存，初雨后的山谷雾岚萦绕，阴霾潮湿，弥漫着腐草的气息，显得有些凄楚。

剑门关山雄关险之外，还以峡谷的幽深、翠云廊的秀丽、岩石的怪异、山洞的奇特而闻名。右侧石崖上还刻有康熙皇帝第十七子果亲王亲笔书写的"第一关"三个字。这位清朝皇室的皇子似乎很爱赋诗题字，他曾经来过我现居住的康巴高原，并写有《七笔勾》等诗句留至今天。这个印象可谓是很深的了。

据有关资料记载，刘备在称帝之前，曾四次往来于剑门关，加上刘备在进军成都攻击刘璋途中，又返回葭萌关看张飞和马超厮杀，共往返六次之多。诸葛亮在出祁山伐魏时，也多次往来于剑门关，他上《出师表》后，"率诸军北驻汉中"时，就经过剑门关。在向成都击刘璋的途中星夜返回葭萌，用小计收服了马超，他和刘备于建安二十三年（218年）七月引十万大军图汉中时，又来到葭萌下营，其间多次往来于剑门。民间流传的有关三国的故事就更多了，几乎每一处遗迹就有一个生动的传说。如张飞一拳捶开一口水井、诸葛亮在剑门关绝壁上藏兵书等等。

历史烟尘萦绕剑门关。面对群峰相连、危峦起伏的山野，历史的长长触角牵引着今人，抚今忆昔，多少感慨沉浮于心底呀！

古城昭化

住昭化镇时已近黄昏。原本阴沉的天让古城更显得沉寂。很难让人想到这里曾经有过的繁华和喧嚣。

昭化，古名葭萌，位于广元城西30公里的嘉陵江与白龙江交汇处西岸，距今已有约2300年建城史。昭化古城，始建于春秋，宋代又重建，以后各代都修葺。其城石砌城墙，至今还断断续续保留着。公元前316年，曾在此发生过秦国与蜀国的生死较量，秦来蜀后，在四川设置的首批郡县中就有葭萌县，又改为汉寿县、晋寿县、益昌县，后才称为昭化县。由于昭化地处嘉陵江、白龙江交汇处，又是古驿道上的重要关隘，水陆交通方便，战备位置十分重要，所以千百年来许多重要的战争发生在这里，许多重大的历史事件发生在这里，许多重要人物也曾流连于此。如今又有"蜀道三国第一古城，山水太极天下奇观"之美誉。昭化在古代时还是一重要的驿站，专门为过往官员、公差提供车马、食宿等。现在在昭化镇还立有古葭萌关的石碑。三国时期，昭化古城更是名声大振，《三国演义》中曾多次提到昭化古城，多场战争也在此发生，张飞夜战马超，老将黄忠、严颜勇退曹兵，姜维兵败牛头山的故事，蜀国大将军病死昭化并葬于昭化等等，都发生在这里。

古镇街道全铺青石板，城内民房多是南方风格的木架结构庭院；庙宇、官衙、乐场都是雕梁画栋、玲珑别致，仍有富丽堂皇之感。古城占地面积不大，但结构谨严，摆布得当。已近黄昏，镇街两旁的走廊屋檐下已点亮的古色古香的橙红吊灯笼，透视出古老风貌的往昔。很难见到闲游青石板小街的本地人，偶尔见到三两人也只是悄然细语地坐于街沿麻石条上，或是守在自家清冷的小店铺门前。脑子里便老幻想这里曾经的繁华：续麻贩丝声的充斥，烟馆青楼的喧哗，达官贵人的骄横，公子哥儿的浪荡……原本"白天万人拱手，夜晚千盏明灯"，怎么如今的昭化会是如此清静？

还是在友人相送的《古城昭化》一书中找到了答案：昭化历代一直都是郡、县治地。素有"全蜀咽喉，川北锁钥"之称。自秦汉以来，特别是三国时期，一直是战略要地，征战不息。刘备入川将昭化改名汉寿郡，在此屯兵储粮，成就霸业，故有"蜀汉兴，葭萌（昭化）起"之说。明代大诗人杨慎在《昭化县》一诗中写道："乱山围一县，衰柝下初更。近郊双江合，扁舟万里行。"寥寥几句，很好地展现出昭化古城的地理特点和神韵。同时，昭化又处于嘉陵江水道和陆上金牛古道的交会处，是中原入蜀、西蜀入中原的交通要塞，由于交通便利，历代商贾云集，市场繁荣，经济发达。"白天万人拱手，夜晚千盏明灯"就是当年昭化古城繁荣的盛况。1936年筑出川公路，当地士绅"忧虑兵患，筹粮以贿，乞请改道"，故原本经济繁荣、商贸活跃的昭化城便偏居一隅，成为了交通死角，其蜀道重镇的地位也随风而逝了。然而，我心里更感到一丝欣慰油然而起，这不正因为如此，古城昭化才得以保持得让人神思飞扬呀！寂静而安详的古镇，古色古香之气在历史的烟云中长留才是顺了人意。许多贵重的历史文化遗产能保留下来实属不易，它与现代社会的发展并不矛盾，昭化这座历史名城谁还敢去破坏它呢！

女皇祀庙

到广元的外地人十有八九都要去皇泽寺一游，其原因很简单，皇泽寺乃是中国唯一的女皇帝武则天的祀庙。民间传说武则天死而为神，给她建庙命名"皇泽"，是祈望"在天之灵"能泽被乡梓，因而祀庙内一直供奉她的真容石雕像。史载：少年武则天花容月貌，进宫后由"才人"至"昭仪"而"皇后"。公元690年，武则天正式登上"皇帝"宝座，成为中国历史上唯一的女皇帝。改国号为周。那一年，武则天已是67岁的老妇。公元705年，则天还周于唐，中宗继位。当年11月26日，武则天与世长辞，临终前留下遗诏："去帝号，称则天大圣皇后。"故石像也是照她晚年画像雕凿而成的。石雕像，神态安详，头戴着嵌有一小佛像的宝冠，身着璎珞彩褂，袒露胸臂，一身佛门圣母打扮。另一块石碑上则是用流畅线条阴刻的武则天宫装正面像，娇艳而慧敏，有一首古诗对其赞美道："绝代佳人绝世雄，衣冠万国冕旒崇；须眉有幸朝宸下，宰辅多才到阁中。六尺遗孤兴浩劫，千秋高视仰丰功；残山剩水留纤影，依旧倾城醉雁鸿。"殿内完好保存着1955年出土的后蜀广政二十二年（959年）的一块石碑，这是武则天出生广元的有力证据之一。则天殿是皇泽寺的中心大殿，殿门上悬温庭宽手书匾额"则天殿"，两侧是郭沫若亲笔题书楹联，上联是"政启开元治宏贞观"，下联为"芳流剑阁光被利州"（广元古称利州）。殿内陈列有宋庆龄的题词："中国历史上唯一的女皇帝，封建时代杰出的女政治家"。可见这座有1300余年历史的皇家祀庙的确不同凡响。

此行我在皇泽寺内流连忘返，完全是惊诧于它保存着开凿于北魏至明清的6窟、41龛、1203躯摩崖石刻造像及其历代碑刻，不仅有极高的文物价值，而且有极高的观赏和研究价值，更被众多专家誉为中华传统文化的瑰宝。离寺时，我却成了同行中最后一个上车的人，以至有人笑我是不是让女皇给迷住了。我只得讪笑着无以为答。其实迟归的原因是我在离寺那一刻讨价还价地在寺内小商店买了一个手工制作的女式钱包，做工可谓精到，小巧玲珑，实为回家后讨妻子高兴。果然后来妻子见了此钱包饶有兴趣地说：虽是现代女工，却也来自女皇故里嘛。

古 栈 道

我在明月峡古栈道入口处翻拍了两张照，一张是立于道旁的李白诗《蜀道难》；另一张就是《老虎嘴》，二十世纪三十年代民国政府修建川陕公路时，工程技术人员试图绕过明月峡另寻他途，但最终失败了，不得不沿明月峡古栈道的上方崖壁，用炸药开凿了一条凹槽式的道路勉强通过了峡谷，今天这段凹槽式的公路仍留在明月峡上方，就是有名的老川陕路上的"老虎嘴"公路，颇为壮观，是川陕公路之一景。李白诗中所描写的"蜀道之难，难于上青天"的感叹就发于此地。

明月峡先秦古栈道位于广元市朝天区嘉陵江谷口，是国家级剑门蜀道风景旅游线的起点，属省级重点文物保护单位。闻名于世的古栈道与长城、运河被列为中国古代三大杰出建筑，是蜀汉先民们勤劳智慧的结晶。明月峡古栈道是迄今全国所有栈道中，地理位置最险要、形制结构最科学、保存最完好、最具古栈道风貌的一处。明月峡先秦古栈道充分体现了历史交通、文化、科技的立体文化格局，其本身独具的文化高品位和丰富内涵使它成为学者不可多得的研究素材。《蜀道难》中"地崩山摧壮士死，然后天梯石栈方钩连。上有六龙回日之高标，下有冲波逆折之回川"的诗句，至今仍使人振聋发聩。三国时期，诸葛亮为了战争的需要，开剑门阁道，修整明月峡栈道，才有了六出祁山、北伐中原的故事。数千年来，人们为了打通蜀道，在这里留下了古今六条道路，所以人们又称此为中国交通史博物馆，是研究中国古代交通的重要场所。这六条道路是：1．远古时候山民们走出的羊肠小道。2．先秦时官府倡导在峡壁建立的栈道。3．峡中江边船工们修建的纤夫道。4．嘉陵江上的船道。5．民国时期修建的川陕公路。6．川陕公路对面的五十年代修建的宝成铁路隧道。现今的科学技术已不再畏惧任何拦路虎了，逢山开山，遇河架桥，新的川陕高速公路就从明月峡旁绕了过去，变成了平坦的通途，宝成铁路也从明月峡上方钻山而过。

古老的栈道依崖傍江，架空的木板道透着阴冷的水汽，听不见脚下江水的咆哮，只看见头顶一线长天。行人杂碎空洞的脚步声让人想到古时骡马踏板而行的回荡；那李白不就是手摇折扇跟在骡马屁股后面入川的吗?! 噫吁嚱，危乎高哉! 蜀道之难，难于上青天! 其诗句不仅表现了李白对蜀道的嗟叹之情，同时也隐蕴了诗人对劳动人民建造古栈道的由衷赞叹。如今，古栈道已成了人们怀古思幽、凭吊先辈的绝佳景地了。正浮思联翩间，忽地下起一场雨来，同行人皆顶衣抱头匆匆跑出栈道，雨声夹杂着栈道木板上杂乱的脚步声，似乎正应了宋代诗人陆游所作《剑门道中遇微雨》："衣上征尘杂酒痕，远游无处不销魂。此身合是诗人未? 细雨骑驴入剑门。"让人仿佛听到历史的脚步正遥遥而来……

康定忆旧

康定郭达山遗闻拾零

之 一

"三月渡泸，深入不毛"，此言出自诸葛亮《出师表》。有朋友告知："泸"指今大渡河流域；某书著有：孔明西征，令郭达造箭，"郭达一夜造箭三千，有青羊围炉而舞，真神人也；孔明大喜，封郭达为幕下将军"。郭达当年造箭地点在大渡河畔，民间传闻为今康定所属大渡河谷鱼通地区，并传说孔明也曾到过鱼通地区。至今，笔者也不敢扎进浩瀚的历史长河中去寻找实证，那是史学家的事。至于上述传闻，我想是地域文化的渗透抑或是其他缘由，亦不敢深究。倒是有关传闻所凭，颇煞有介事，甚觉有趣，故笔记如下：

其一，康定东北方的郭达山青峰峭峻，直刺苍穹。沿东流折多河而下，至瓦斯沟河口，再逆大流河而上，便能观到郭达山整体数十里相连至鱼通地区，且崇山峻岭中青羊群至今为数不少。郭达在此造箭的传闻可为初由？

其二，鱼通区前溪乡楼上村旁有一山间小道，名为"孔明道"称谓已历史久远，传闻孔明当年曾由此路过，余无考。

其三，郭达为铁匠出身，鱼通地区有关铁匠的民间传闻甚多。最为出名的是瓦斯沟对面山岩上的"蟒蛇吸水"，为铁匠的熔铁水制服了残害一方山民的恶蟒。另值得一提的是鱼通裤刀造型别具一格，空筒刀柄，握柄为匕首，刀柄空筒斗上长杆，又恰似古时长矛。可见此地铁匠造刀之独特。

其四，鱼通山民惯以头顶勒皮绳背运什物。传说为当年孔明所以避劳作之时东张西望误了工事。其实对此笔者却认为山地劳作，以头代肩，实质上是避开某些不便。例如负重徒步在陡峻山道上，一时发生步履不稳或山风猛袭，即可仰头将所负重物抛离身后，不至发生危险罢了。

之 二

郭达山顶有箭，所以又名为箭杆山。据传此箭以孔明邛州弯弓引发，一箭遥遥数百里，然孔明虽系蜀中统帅，实为"羽扇纶巾"，何能开弓引箭？但此"箭"却实实在在耸于郭达山巅。放晴天，郭达山云雾隐去，奇峰峻岭裸于苍天之下。于康定城内仰望山顶最高峰，一支"箭"直竖蓝天苍穹，为郭达山平添一股威仪。

五十年代末至六十年代初，康定城内有银行系统干部苏某、州人民医院医生黄某等分别结伴攀登郭达山，一为强身健体，二为亲眼探看山巅之"箭"。此"箭"实为一铁质玛尼旗杆，立于险峻的峰巅。离"箭"数丈远地势更险，呈一刀背形。攀登者需用双腿夹紧胯下峰背，迎着灌耳山风，四肢配合向顶端做壁虎行，稍有不慎，左右皆有坠岩之忧。由此，疑窦又生，此玛尼旗杆又为何人何时所立？且又用何方法立于险峻奇峰之巅？至今无人所知。

另，康定旧名又谓"打箭炉"，与"郭达造箭"似乎相关。然而据有关人士考证，其名为音误，"康定"藏语称"打折渚"，意为二水相汇之地。"打折渚"与"打箭炉"发音相似。康定城原本是藏汉茶盐贸易之地，民族文化的交杂与相互渗透可见一斑。

之 三

郭达山解放初曾有一奇景，非消闲人赏心悦目之观，实为人所胆战心惊。无云晴夜，天瓦蓝清冷，月明如镜，悬于峰巅，月光下青峰冷峻，呈肃杀之状，有苍狼立于青岩上，仰天嚎月，其声孤寂恐怖，回旋于月光下的康定城，令人不寒而栗。不久，国民党溃败之师田中田匪部流窜康定，闹得鸡犬不宁……

解放至今，数十年来已无"苍狼嚎月"再现。

之 四

此事出于五十年代后期。白日里，郭达山寸草不生的峭壁青岩上突然出现蠕动之物，体粗如桶，长不可视，色似墨黑。城内妇孺老幼皆仰头观望，同识为巨蟒。一民警战士挎冲锋枪勇敢上山，此物却在众目睽睽之下失去踪影。奇哉！

之 五

据传，郭达山东麓柳杨沟至北麓银厂沟有一奇特山洞贯通山体。五十年代，曾有柳杨沟外文线街村民许某（一说为杨姓）吆一毛驴，一头驮干粮袋，一头驮照明松光，孤身进山，欲觅"通衢"。月余不见返回，其村人皆上山寻找，至今未有下落。传闻此山民已由此山洞进入"桃花源"仙境。附近山民皆称确有此洞，入内有冷风迎面，证明此洞有相通之处，但无人敢斗胆闯入。

之 六

山雄逞志，志在有宝。

不禁想起"青羊围炉而舞"之言。青羊乃山中走兽，郭达山除此之外的奇珍异兽也比比皆是。

曾有陈姓、杨姓朋友一连在银厂沟内猎获八只香獐。猎户敖某在山脚射杀一珍贵花鹿……以后国家禁猎，想必此山中珍贵动物已得安宁。

儿时，常随小伙伴上山寻"宝"，实为"孔雀石"所惑，数年前，有地质专家上山，眼见一巨大金矿脉带，断言此山有金，且蕴藏量也可观，康定金矿也由银厂沟顶至海船寺一带采矿淘金，山脚一带村民在几年前采岩金已挖到了"脱贫"第一桶金。

康定城东北边的郭达山无疑是一座宝山，想必总有一天它会将巨大的财富奉献于人们面前。

跑马山轶闻拾趣

跑马山因一曲《康定情歌》而为世人所知，但许多人对跑马山的感知却只限于"松林、草甸、回廊、亭阁"等与现代旅游相辉映的景点实物上，对于跑马山的旧闻轶事知之甚少。吾自幼生于跑马山下，半辈子寸步不离地长于跑马山下，终有好奇轶闻久荐于心，譬如跑马山原始野性生机、跑马山自然生态与人们生活的交融，隐有寓意，耐人寻味，故笔录于后，或供世人有所取宜，或权供世人一笑耶。

之一（孕驴悲情）

二十世纪七十年代前，跑马山上栖息的野生动物是很多的，獐、麂、野岩驴、花鹿、野鸡等常有所见。1969年大年三十那天清晨，有康定本城业余狩猎者辛某、陈某、敖某、旺某结伴上跑马山打猎。从城区到跑马山拉姆则寺庙只不过大半小时。四人刚坐在山上草坪歇气，所带撵山狗便追上了猎物。又仅半个小时，在距草坪不到半小时路程的凉水井地段，撵山狗就"斗"上了猎物。四人紧跟而至，发现撵山狗追撵的竟然是一只怀孕的母岩驴。此刻，那硕大肚皮的母岩驴因无法甩掉撵山狗的狂追，只能挺立在蓝天白云下陡峭的绝岩上，仰天喷鼻……当年的狩猎者在出城上山一小时便轻而易举地猎获了母驴，并使其成了当年新春餐桌上野味佳肴。多少年后，尚健在的一位辛姓猎人至今也有悔意，时而述于人听。第二年，敖某所养一只名叫"黑熊"的头狗（此狗是康定业余狩猎人公认的第一头狗）也于跑马山追撵得一头体形高大的梅花公鹿，并一直从山顶东侧红岩窝沟里追撵到现在的东关新城边的折多河水中，因鹿跑急了需在水中泡蹄，而被钻山攀岩、身手矫健的敖某击毙于水中。

之二（珍奇异兽小记）

二十世纪五十年代至六十年代初，康定城镇居民十之八九都在跑马山上开荒种过地，都是种的洋芋、白萝卜、圆根、莲花白、嫩菜瓜、洋姜之类蔬菜。一次，我到山地里去摘两个嫩瓜，正好遇到一只长得圆肥溜黑的土猪子在地里拱洋芋，见有人来了，那既笨拙又可爱的家伙飞快地钻进了"四道岩"边的石洞里。我伏在荒草掩蔽的洞口窥视，只见黑黝黝的洞深处有两点惊恐的光亮不停地闪动。我知道只要用烟火一熏，这家伙就会被逼出来。我没作践它，因为我很喜欢它那憨傻可爱的样子。

二十世纪七十年代初，跑马山半山腰，如今靠南边的长廊附近，一种短尾巴蓝花翎的野鸡很多（母鸡全身都是麻褐色）。秋天里，就在城区大街上也能听到跑马山上野鸡的"咕咕"叫声。过"粮食关"那年，我母亲上跑马山挖野菜，在乱荒丛中捡到九个野鸡蛋，拿回家煎了一海碗，让我们三个姐弟享受了难忘的一顿美食。

我十四岁那年，有一次上跑马山中环路砍烧柴（我们那个年龄的康定娃娃大多数都到跑马山砍过烧柴的），在阳坡上那一片长得高大茂密的杨角林边，看到了一对麻黑色的林獐躲在浓荫下歇息，那灵动的长耳朵和不会闪眨的鼓圆眼很逗人怜爱。

五十年代末，跑马山脚下居住的何姓居民喂了几只黑猪，一个月黑风高的夜晚，从跑马山窜下来的一头凶猛花豹叼走了一头几十斤重的猪。天明后，左邻右舍的人都到何家来看，见了那硕大而深陷的豹子脚印都唏嘘不已，有人还一再证明听到夜里豹子的低啸声。据说花豹是用利齿叼了猪的脖子，一边用钢鞭样的尾巴吭了猪上的山林，那脚印途经如今的观音阁侧的小路隐入了跑马山密林深处。据说红岩窝地段就是花豹的窝。

跑马山靠东关亭方向那片壁陡的峭岩叫"四道岩"，十多年前，年年都有数不清的黑背白肚的"石燕"迁徙到这里，那壁岩上到处都是石燕筑的窝。康定城要下雨了，无数石燕就会飞临折多河床，在水浪上翩飞掠食，每每这种景状，康定人都会说"石燕下河坝，天会下雨了"。

（如今，随着跑马山旅游业的兴起，那些曾有过的野兽、野禽几乎没人见过了，也许，跑马山那些不喜欢热闹的奇珍异兽都迁徙到更高远的山林中去了，真心希望人们不要再打搅它们平静的生活。）

之三（奇花异草）

跑马山是个天然药物园。康定城很多有名的中医都曾上跑马山挖过草药。如今健在的老中医倪某、肖某、彭某等都写过很多有关跑马山中草药的介绍文章。

十二岁那年，我有一次还专门到跑马山东侧的红岩窝挖过一回"大黄"，那个沟里全长的"大黄"，如伞盖般的大叶子，和内地的荷叶模样相似，只不过荷叶是生长在水面上的，而"大黄"叶是生长在乱石窑的。那天我挖了一背篓"大黄"，回家后，母亲帮我将"大黄"砍成了马蹄状，后来烘干后卖了五元钱，那时候五元钱可管用呢，交一学期学费都够了。所以至今印象都特别深。

小时候，我姐姐她们常在端午节前上跑马山挖香草，香草根装在绣花线裹的"香包包"里能保持很长时间的香味，有醒脑明目的作用。

跑马山也是康定儿童们的乐园，结伴上山扯奶浆草喂家兔；在山地里扯一把"官司草"比谁的"官司"硬；特别是秋天里，那些"黄泡""乌泡""坐达达"（一种壳硬仁嫩白的小果子）熟了，那就更是儿童们撒欢的日子。

跑马山上的花也很多，最打眼的是杜鹃花。有一种小叶杜鹃，开粉红或紫色小花，我们叫它"油柞子"，当烧柴火最旺，能燃得冒油。开大红花最多的就是中环路那如海一样的杨角林了，那片林子现在是很少会有人走去的，想必如今更是成了硕大的杜鹃花林了。

之四（与拉姆则寺有关的传闻）

过去，跑马山顶的拉姆则寺是很大的，土墙平房，院子几乎占了如今的电视差转台周围十多亩地。从南侧的寺门进寺前草坝，左手边就是原来寺庙的厨房。那厨房靠岩而筑，屋里倚靠的一方岩壁上有个手掌宽的裂缝。如有人将硬币丢下去，贴耳静听，那硬币碰着石壁的声音一直响下去，好像没有底一样。那就是跑马山上的"无底洞"，能通到山脚下城区里的"水井子"。有很多人都看到过水井子里常有几枚硬币在清澈的水底闪亮，那就是跑马山顶有人将钱币丢进了无底洞，而最终出现在水井子里的。

康定十景中有一景叫"跑马梵音"，是说跑马山每当节日时常常是喇嘛、尼姑等都在一起念经。其实过去跑马山不只藏传佛教寺院，南侧的瓦厂沟流瀑处还有一座"道观"，是道教寺院。

跑马山顶还曾经是民国康定县的城防司令部所在地，文史记载几乎没有，但城防司令部曾设于山上是事实，小时候我也见过草坝土墙上写的"城防"之类的字印。不知当年寺院僧侣与士兵又是如何相处的？

跑马山白塔是二十世纪八十年代初修建的，那塔底座封存有德高望重的居里活佛亲自奉送的十箱珍贵的经书之类宝物，白塔灵性彰显于跑马山白云下，神圣而庄严。就在如今的白塔西面，原来老寺院的外墙处长有两棵檀香树，海碗粗的树干，一人半高的树冠，夹杂于松柏丛林间，此两棵檀香其香无比，我曾与一位精通奇木的人上跑马山见过这两棵檀香木，并刀削过一枝拿回家熏烟。可惜以后再也没见过了，许是"重建"拉姆则寺时无意中遭遇不测，已无可寻了。

跑马山是天下名山、情山，为"情"不来跑马山真的是人生一大遗憾。

山水自有养人处

——康定城半个世纪的市井杂记

　　康定是个典型的移民城市。据称明清时就跑马山脚下的瓦厂沟有几户人家算得上是土著人。后来五色海发泥石流直冲下瓦厂沟，城市就下移到现在的折多河两岸了。孩童时候，学校常组织学生到民干校旁边的乱石沟踏青郊游，那一沟的乱石滩夹杂着一方方小草坪、小树林，中间淌一条清澈的溪流，有点原生态郊野的味道，其实就是历史上泥石流造成的。后来便改造成了南门居民点。历史上五色海发泥石流不知到底是哪一年的事了，传闻并没人认真考察过。只是折多河西岸的母猪龙沟发洪水是在距今220年前的事（据1995年折多河涨洪水时的推算）。如今康定城数万人居，远超过了原初那几户"土著人"了。尽管如我等上个世纪五十年代出生的人，自称是"土生土长"的康定娃，其实查其先人，绝大多数是外籍入康者。

　　儿时康定城有几种别的地方很少见的划分，如"中桥上的娃娃""铁门坎的娃娃""南门上的娃娃""北三巷的娃娃"等称谓，一听便知道这是按居住街段区分的，且这种划分也带有"原籍"的含义。如"中桥上的"，便知道多是原籍川北的人家，"南门上的"多是沙德一带木雅人家，"北三巷"的就大多数是道孚人。而旧时康定还多以地方帮相称，如"川北帮""陕帮""汉源帮"等。其各种地方"帮"也明显有其职业的区分。如西大街的"老陕"多是由陕西来康定做金香生意的商户；北门上和北三巷的多是藏族人家，开"锅庄"、缝茶包、赶马帮的为多数；"汉源帮"多是做农产品贩卖生意的小商小贩，也在康定开马店栈房。康定人的生活所需几乎多数仰仗"汉源货"，故历史上就有"背不完的汉源街，填不满的打箭炉"的说法。而"川北帮"人家多是替商户人家背东西进康定，然后走街串巷卖点针头麻线、油糕麻花之类起家直做到有了自己的小商铺，便立足成了"康定人"。

康定是个多民族聚居的小城，藏、汉、回为多数，其宗教信仰也各具特色，且能同处一隅，相安无事，如康定有藏传佛教寺院安觉寺、南无寺、金刚寺等，也有回族的清真寺，汉族的将军庙、观音阁、城隍庙等；还有外国传教进来的天主堂、真元堂等，另有记载的还有道教等小寺。还有一个特色让如今还健在的老一辈人难忘记，那就是当年的观音阁塑了许多菩萨，却是各门各类人等敬奉的神，如手艺人，你就可以去拜鲁班师爷……堪称五花八门，特色荟萃。

康定体现最为明显的就是民族之间的和谐。藏汉通婚、回汉通婚不足为奇。比如我家就有藏、汉、回三个民族的人。康定人家的饮食结构也颇有特色，藏族的酥油茶、坨坨肉、糌粑；回族的馓子、油香、牛杂汤；老陕的大锅盔；从"王凉粉"到今天出名了的"田凉粉"；曾经有名望的李伯松炖肘子；二道桥的海味烩炒，名类特多。我家一年三百六十天，天天顿顿离不得酥油茶，竟自喻是比藏族还藏族。

因康定人来自"五湖四海"，其民俗风情自然多姿多彩，藏乡汉地、南帮北派应有尽有，特别体现在康定城各种形态的庙会年节，犹如川边地区约定俗成的民间民族艺术节年年月月都在这里举办：农历四月十八娘娘会上求童子，农历六月十五将军会上拜郭达，农历十月二十五的燃灯节上点元根灯，正月初一、十五的闹山鼓、马马灯、刘老陕的船灯，猫胡子茶馆蓝文品老师每晚上的"评书"，田炳生的连环画书摊摊，还有上毛家岗的毛云刚出口成章的山歌、刘老陕韵味十足的陕西渭南民歌，折西营官寨的藏戏、汉地人在文化馆高台上玩川剧，连当年正红火的川剧名角陈书坊也曾来康定登高台；国画大师张大千、吴作人，舞蹈家戴爱莲等也纷纷到康定驻足；至于旧时的烟馆酒店自不消说。据称康定城流传到二十世纪六七十年代的"马桶子"，也是旧时"扬州妓女"传来的江南特产。记忆中最深的是年节中热闹的民俗游街活动，藏传佛教的喇嘛在前面吹着蟒号，旱船载着古装仕女在街上晃荡，川剧锣鼓从南门上敲到北门，扭秧歌的，耍霸王鞭的，舞龙耍狮的，大头和尚戏柳翠的，马马灯布阵穿梭的，衙门差狗举着肃静牌开路的，闹山鼓把个康定城掀翻了的震耳欲聋……当年的盛况至今也让人回味无穷。

俗话说"靠山吃山，傍水吃水"，康定城自来"三山夹两河"，其青山绿水的肥美之誉早就流传域外。两河便指的从北门外雅拉沟流来的雅拉河及折多山流来的折多河。虽说这两条河都系雪山之源，水流急湍，却也不乏那些个平缓回水之处，如菜园子处的"王婆婆推磨石"脚下那个缓水湾，东关上"海船石"边的浅水处等，且流水清澈，也不乏养下一些游鱼泥鳅，便有钟表店施某等为首的"渔人"休闲之时搬罾垂钓，也小有收获。直至今日，康定城的两河水流，加上跑马山脚下"水井子"的清泉水，也让来此旅游的外地人眼红：你们康定人真该自豪，水源这么丰富，就连冲厕所都用的是矿泉水。

至于城周围东南方的跑马山、西北的阿里布谷山、东北边的郭达山、西边的折多山上的狩猎活动，直到二十世纪七十年代国家禁猎前，那是很有一些原始故事发生的了，据我耳闻目睹所知道的就摆个三天三夜的"龙门阵"也说不完。某年，康定本城业余狩猎者辛某和陈某多次合伙出猎，仅那一年就在银厂沟里放狗打下八只獐子。某年，敖某和辛某又合伙于尼姑坪对面的垮白溜击毙一头黑熊，还捕得两头熊崽，当年康定电厂扎某30块钱购得两头熊崽，还在大街上遛熊崽。

解放前，郭达山常出现的苍狼嗥月、岩羊成群结队奔跑等等传闻也并不鲜见。直到"文革"武斗时，我在四马桥（如今的康定新城地方）林场躲"武斗"，还偷闲在当年的山地里安放野鸡套子，一个月里就套了二十多只野鸡饱了口福……

前面说这些狩猎的事都是在国家禁猎前，如今可不敢了。

原初康定移民的农耕文化也很厚重，大概是来自农村的人为多数的原因，如幸福桥、菜园子，乃至公主桥、三道桥等乡村人家多数都是内地原籍的迁移户。二十世纪七十年代前，康定城里人家也几乎家家都在周围的山上开有菜地，自己种点洋芋、白萝卜、圆根、莲花白、嫩菜瓜、洋姜之类蔬菜过小日子。我家就在跑马山开有三块菜地，菜瓜洋芋年年都小有收成。

孩童时，街坊小伙伴们结伙上山捡马粪积肥是常事，至于上山砍柴更是星期天不上学时少不了要干的家务事之一。康定城东边的跑马山、南郊外的李家沟、西边的尼姑坪，乃至折多塘、老榆林宫，城里的砍柴娃娃都去过。从人背至使用滚珠车再到架架车运柴火，从天天上山砍柴到砍"坐山柴"（即在柴山上住几天专门砍柴），我都经历过。那时候康定人家都是用柴火煮饭的。后来封山育林了，那些菜地就禁种了，烧柴火也改为烧煤砖，到后来的电炉子。子耳坡、南无寺这些山上的菜地也归原地的生产队所有了。当然，现在让我们自豪的还有孩童时开始，我们也曾年年春天在跑马山、子耳坡、烧香坪等地方植树造林。如今跑马山、白土坎上面的大、小松林都有我们当年参加植树造林的功劳。

六十年代过"粮食关"，康定人都在周围的山上捡野菌、挖野菜，以补充食物的短缺。当年的野菜如今反而成了珍品，如采自折多山八公里山上的鸡蛋菌、大脚菇，跑马山、尼姑坪等山上到处都长的蕨菜（脚鸡苔）、灰灰菜、龙包，竟然成了大餐桌上的山珍。康定山水的富有可见一斑了。

"康定娃"的孩童时代也让人今生难忘。我属于"电影院那条街的娃娃"。儿时常与街坊邻居小伙伴们躲藏于一处裁缝案桌下放土制小幻灯。那家裁缝姓王，临街铺面。用于裁剪衣料的案桌很大，下面能躲藏几个顽童。带我们做土幻灯的娃娃头姓曾，长大后当过康定中学副校长，后又调重庆去了。土幻灯片是用捡拾的小玻璃擦干净后在上面画的墨汁画，当然忘不了画上"苍狼嚎月""公鸡叫鸣"之类。到了傍黑，我们便悄悄躲进案桌下，用一个纸壳箱当幻灯机，用手电筒当光源，对着糊了旧报纸的木板墙放土幻灯。裁缝师傅王伯伯其实也知道我们几个顽童常在他案头下玩，他也乐得有"伴儿"。当然儿时的幻想也很多的。那几张土幻灯片放久了也会腻的。我们便有了很多美好的想象，除了"楼上楼下电灯电话"的想象，其中最想的就是能在家里的纸糊墙上放电影，我们就变小神仙了。以至我们小时也曾翻电影院后面的墙，逃票进去偷看电影，发现了就会送到大人面前"挨屁股"。没钱买电影票，我们又把"恨"发到电影院工作人员身上，发泄"恨"的方式就是给电影院的工作人员起"绰号"，叫什么什么大老虎二老虎的都有。直到我都工作了，康定终于有了电视。最初的电视差转台设在城西高高的九连山上，据说那里才能接收到从峨眉山顶传来的信号，因为技术原因，城里一时还看不到。我们几个已参加工作了的人便在一个傍晚，结伴爬上九连山那个军用帐篷搭的差转台，看了一场过足了瘾的黑白电视节目；返回城里已是半夜时分……现在，一家人有几台电视的也不少见，儿时的"梦"想起都笑人。至于那时的孩童"丢窝打铜元""打弹子过三星洞""斗鸡""打雪仗""滚铁环""上山采野果果"，每晚在昏暗的街灯下小聚一起唱"胖娃胖娃骑白马……"
"天上明晃晃，地下水荡荡，结婚要带帐……"的儿歌，那些稚
童嬉戏的画面至今仍常浮现于脑海……

　　康定是座情城，不仅仅因为《康定情歌》传唱到了世界，而
且康定的山有情、水有情，人更有情。半个多世纪过去了，如我
这样年纪的"康定娃"有至今没离开康定城的，也有成年工作后
远走四面八方的，但只要说到家乡，没一个不为康定而备感自豪
的。也有人说康定位居青藏高原一隅，远离经济发展快速的内
地，但适者生存，一方山水养一方人，其中充实而质朴的生活滋
味是康定土生土长的人体味最深的了。

今日跑马山

　　丁亥年，有幸应邀上跑马山小宿一夜。请客的是跑马山旅游开发公司总经理昂洛，应邀的十几位都是康定地区的文友，且其中多数是土生土长的康定人。相聚一问，绝大多数都没在跑马山顶住宿过。山顶离城区并不高，单程也不过半个多小时，何况几年前架空旅游索道早投入营运，十分钟便可回返。但一听说上山顶住"情宫"高级宾馆，且享用正规的餐饮，观夜景，看朝霞，商讨跑马山旅游开发工程，好奇心便把我们聚合在一起。

　　其实跑马山于我们都不陌生，从小就生长在山脚下，日听山风，夜闻松涛，早是家常便饭。不过乍一谈起有关跑马山的话题，立马就觉出了今日跑马山不同于过去的变化。四十年前，跑马山在康定人眼里只不过是一座"柴山"，如我等这般年龄的人几乎都上跑马山砍过烧柴。我曾在一篇散文习作中写道：儿时，我常常和伙伴们一起爬上风景秀丽的跑马山，坐在山顶突兀的巨石上，俯瞰山脚下那"溜溜城"，聆听山庙中传出的和谐悦耳的梵音。每当这时，那轻纱般的白云仿佛是被翠柏紫檀牵住了，总在脚边缭绕拂荡，不忍离去。而我们却觉得身轻如燕，飘然欲飞。大自然往往启迪人的无尽遐思……一天下午，我们刚爬到山腰，上面便传来了单调而清亮的樵歌：太阳出来个好晴天哟，云里飞出红牡丹……仰头望，一个身背丫丫柴的樵夫正沿山径下来，他仿佛就是从头顶上那"溜溜云"里走下来的一样。第二天上课时，老师给我们讲云是水蒸气凝聚的，它又会变成雨洒回大地……不知怎么，我老想到那唱歌的樵夫。

一位喜舞文弄墨的诗友也给我讲了个故事：与跑马山隔河相望的郭达山（也称箭杆山），乃是三国时孔明西征造箭之地，帐下郭达将军久居此地，与跑马山女神相约百年之好，谁知郭达将军忽接急令驰马奔战，走时忘了关上箭炉风箱，吹着眺望远去情人的女神颈下的围巾……

还有一些记忆犹新的老地名，诸如凉水井、中环路、上环路，还有什么四道岩、狮子岩，如今是没人叫了。"粮食关"时，康定居民几乎家家都在跑马山开有自留地，种的也就是洋芋、萝卜、莲花白一类菜蔬。后来便封山植树造林了。几十年过去了，跑马山人工松林早成了规模，植被自然也越来越好，野鸡鸣，林鸟唱，自然界的和谐蕴于山林间。随着旅游业的兴起，跑马山成了世所公认的情山。如今旅游景点的取名与过去有了不同之处。如山顶的跑马坪，过去只是一片长满"油柞子"（矮本杜鹃）的荒坪，如今成了花园式的地方。半山腰"飞云廊"是康定晨起锻炼的好地方。"情墙""情人池""情宫"无一不带着"康定情歌"延伸的影子。坐"架空旅游观光索道"上跑马山，更能观赏康定全景。跑马山迷惑人的地方太多了。外地朋友都说，到了康定不上跑马山会终生遗憾。确实，到了康定城还会有人不上跑马山吗？

《成都晚报》一年轻记者偕新婚娇妻到了康定，什么地方都没去，首先就上了跑马山，说是山盟海誓一番，这辈子肯定是白头偕老终生不悔了。前年，康定县举办了"国际情歌节"，重头戏就是房车集体婚礼；全国各地歌星明星纷纷赶来助兴，着实让康定城"火"了一把。其实近年来，情侣双双登临跑马山已不是新闻，甚至外国友人也来时髦一番，到情人池旁说说悄悄话，去情人林中叙叙衷肠，其情其景天下奇绝，唯跑马山最让人迷恋，谁让跑马山成了人们心中的情山呢！民族情、同志情、战友情、夫妻情、亲情、恋情，天下"大爱无忌"。歌中一句"世间溜溜的女子任我溜溜地爱，世间溜溜的男子任你溜溜地求"，竟然质朴地唱出了人性"羞于出口"的最高境界。跑马山——情山，赋予的意蕴自然使人青睐。上了跑马山，心情一定爽快，不信就来试试。

心灵，插着鹰翅飞翔

　　我的身影无时无刻不在高原行走，我的灵魂插着鹰的翅膀随雪风飘移——

　　传说，雅砻江的源头本是神灵的奶牛畅溢的奶水，漫过大野深壑，蜿流在青藏高原东南。静月之夜，虔诚的人会闻到牛乳的醇香弥漫于深谷河湾。难怪，雅砻江湍流再急，沿岸仍是一路富饶，一路美景，一路波涛，一路歌声。

　　江河源头的流水总是迂回舒缓地挪着步子不愿离去，是因为眷念源头的家园？阳光很近，溪河的腰身镶上金边的光芒，如环绕家园舞蹈的美女，袍袖飘逸，散发出奶香。天落进水里，白云也飘然而至。流水涌潮惊醒，把自己的身影抛向远方。

　　古老的灵魂久驻山垣旷野之上，与贡嘎相倚遥望。石垒的腰身，如勇士挺立的姿势，屹立不倒。叩问苍穹，历经马鞍剑鞘、铁刃箭镞，抑或是僧人闭关，遁世修炼……亘古的山野已复归岑寂。风在高空狂放、奔忙，云起云涌，只有隔空相望的视线经久不衰。

　　亘古的雪峰，闪烁原始的光芒。鹰击长天，注视这片不同寻常的牧场。泉华的水浸漫了千年不变的山坡，刻一道道深吻的痕迹。半坡草甸让肥水养育得滋润，成为牛们的天堂。泉华滩上的牧场，无须牧女捧盐引诱奶牛，硝盐的水土早让母牛肿胀了乳房。对坡丛林，有声声鸟鸣，如鹰笛悠扬，引群牛奔驰，绵延不绝。

在高原，更多的山岚雾霭堆满世界。更多的山峰翠岭神出鬼没。如天宇大手的抚摸，山脉历练得更加从容。谜一样的高原，鹰击长空的瞬间，翻云覆雨的气势震撼心灵。不必一味留存观水望月的闲情。苍山云海、雪峰箭林，赋予的坚强秉性，已超越凡尘的俗念，把千古遗风传承。

鹰在天上舞蹈，那些动人的故事到处疯跑。晨曦引领四季而来，换装是为了把欢乐和幸福交替呈现。古老的村寨，远游的牛羊，飘逸的炊烟，都在牧女的歌声中传得很远……

曾看见众多山风的手把杂草荒丛撕扯，原野的回声卷起漫天飞雪，雪野中遍布牦牛蹒跚的步履。而今，历史的遗痕已被盘山的公路抚平。雪山的背景，骏马的嘶鸣，叩在草原的深处。弃车而行，草原是另一幅彩图。雄浑与豪迈，坦荡与舒展，现代牧人的精神随红尘落地。一万头牦牛从神鹰起落的地方踏步而来。不信，你驻足聆听，山口处，风声猎猎，彩幡起舞……

飒飒风声，我感觉到苍茫群山矗立天穹下的肃穆。贡嘎群峰展开洁白的翅膀迎面飞翔，血色霞光披着神的旨意，随山岚云霭轻舒漫游。在西部，贡嘎的高度就是人心向往的坐标。远离尘嚣，亲近自然，回归人性通灵的本源。除却大野，除却牧原，青松丛林簇拥圣洁，成为另一道罕见的仙途妙境。在红岩顶的清晨，我神思遐想的境界，在轻风中惬意地推远拓开……

在"摄影天堂"的高地，这道盘踞西北角的高坡，等待阳光翻晒我们霉乱的情绪，于无声处喂养我们并不充实的灵魂。春去秋来，那一个时辰，生长的季节，心中的高原真的留存在心的抽屉吗？当然无可指责，我们也只能选择沉默。秋的色彩如黄金的闪电穿刺胸腔，在金属般美丽的呐喊声中，灵魂的悸动抑或激昂足以衡量我们处世的信仰，真诚或是虚伪？但我们此刻对收获是急不可待的企盼。太阳跃出群山的那一瞬间，灵魂深处也会涌进透明的光芒，对美的追寻也是对丑的摒弃。

男儿志在四方，但与我一样更多的人也迷恋这个地方。川西草原，魂牵梦萦的高地。风骨中能嗅到血液的流淌；草海中会邂逅原初的甜蜜。匍匐在地，倾听风雪，不可遏止的力量正冲开世俗的阻挡。

星星般的花卉，从天边的雪山脚下铺开，天真地把完美缀在草地。我惊诧草原小花的执着与清平。凭溪而歌，将天籁弹奏，将忧伤抑或欢乐都默默地放在草丛中熟睡。歌声的轻风，载着我的思想裸行在青草的走廊。渐渐走近的牦牛，对我不屑一顾。一切自命不凡都在广袤的原野失去了狂妄的价值。阳光实实在在地悬在头顶，光束击穿了缥缈的尘埃，静谧安详驱走了浮躁，平静成为一种悄然而至的享受。这是草原施舍于我最仁爱的思想。

雪山翻飞的翅膀在高天展开，灌满苍穹的劲风掀动白色的披肩。马蹄的骤响回旋于雪山之下的草地，所过之处，秋色平静的脸面撑起雪山下最温馨的村庄，把更多的活力拥抱，也把尘世苍茫定格为一道永恒的风景。

与高山相望，幽蓝的天把高山衬得雄浑豪壮。骄阳滚动的光环，在山的锯齿上玩闹，将虔诚和信仰抛洒。拂动的经幡总是在离村寨不远的山口招扬，神圣的梵音在风中四处传闻。只有世代相传的骏马，停歇了刀刃般碎响的蹄音，舒缓的步履随着阳光慢慢移动。间或，一群麻色的野鸽闯进画面，在雪山与村庄之间盘旋，让弥漫的温馨气息飘流到每一处角落。

草原上最美的格桑梅朵，千姿百态，遍布每一个角落；高山间最美的湖泊，是群山搂住的蓝天一角。我思想的通途，开一路鲜花，也盈一泓碧水。而白云飞翔的靓影，飘荡于心湖，犹如更多追寻的希望，时而聚拢，时而释放。祥云留恋之地，高原山川的灵魂，与我长久地对视。

我沉醉呀……

我终极一生的爱都留在我的高原！

图书在版编目（CIP）数据

行走高原 / 贺志富 著. -- 北京 ：作家出版社，2016.7
（康巴作家群书系．第四辑）
ISBN 978-7-5063-8970-9

Ⅰ．①行… Ⅱ．①贺… Ⅲ．①游记 – 作品集 – 中国 –
当代 Ⅳ．①I267.4

中国版本图书馆CIP数据核字（2016）第137631号

行走高原

作　　者：贺志富
责任编辑：那　耘 李亚梓　张　婷
装帧设计：翟跃飞
出版发行：作家出版社
社　　址：北京农展馆南里10号　　　　邮　　编：100125
电话传真：86-10-65930756（出版发行部）
　　　　　86-10-65004079（总编室）
　　　　　86-10-65015116（邮购部）
E-mail:zuojia@zuojia.net.cn
http://www.haozuojia.com（作家在线）
印　　刷：三河市华业印务有限公司
成品尺寸：152×230
字　　数：147千
印　　张：12.5
版　　次：2016年7月第1版
印　　次：2016年7月第1次印刷
ISBN 978-7-5063-8970-9
定　　价：32.00元